険悪だった僕たちの、ハネムーンのすべて。

Aion

Aion

CHOCOLAT BUNKO

ILLUSTRATION 北沢きょう

C O N T E N T S

思い返せば旅の始まりの僕らは、「険悪」としか言いようのない関係だった。

帰国に向けて穏やかに空路を進む飛行機の中で、感慨《かんがい》深く溜め息をつきながらシートに身を委《ゆだ》ねる。

「僕ら」というのは僕、深山《みやま》秋人と、隣で眠っている樹《いつき》のことだ。

旅の疲れが出たのだろう、いつもの快活な様子が嘘みたいに微動《びどう》だにしないが、大きく温かい手は、僕の手を大切なものみたいに放さずにいる。

触れ合う部分から惜しみない愛情を注ぎ込まれている気がして、改めて気恥ずかしくなった。

僕らはそもそも出会いからして滅茶苦茶《めちゃくちゃ》で、互いに罵《のの》り合い、時には盛大な喧嘩《けんか》もした。おまけにこの旅は酷いトラブル続きで、新婚旅行というよりは、ちょっとした冒険譚《ぼうけんたん》と呼んだほうが相応《ふさわ》しいかもしれない。

間違いなくこの数日間は、人生の中で一、二を争う程密度の濃い時間だった。

一度記憶を辿りはじめると色々なことがありすぎて、目の前のモニターに映し出される映画から意識が逸れてしまう。

もしかしたら、思い出を反芻《はんすう》した方がずっと楽しいんじゃないだろうか。だとしたら、順を追って最初からがいい。

そもそも僕がなぜ樹と結婚し、ハネムーンに行くことになったのか。滅茶苦茶な成り行きも含めたすべてが、今となっては大切なことに思えた。

スペインから日本までの帰り道はとても長くて、時間を持て余していたのだから丁度いい。

記憶を辿るために目を閉じると、てのひらに伝わる熱を強く感じられるのが嬉しかった。


始まりは今からほんの数週間前の夏の終わり。

からりとした空気の中に、秋の気配が混じりはじめた過ごしやすい休日のことだった。

その日、天気とは裏腹に僕の心境が薄暗かったのは、昔から反りが合わない伯父《おじ》に呼び出されたからだ。しかも、気乗りしないまま顔を合わせると、開口一番、伯父は驚くべきことを宣言した。

「秋人、おまえに見合いをしてもらうことになった」

聞いた瞬間、来るんじゃなかったと強く後悔した。

だけど結局それが、僕らの馴初《なれそ》めということになるんだろう。

僕は、幼い頃に両親をいっぺんに亡《な》くし、伯父のもとで育てられたという、少々重いバックグラウンドを背負っている。

とはいえ、伯父は十分な経済力を持っていたし、引き取られた鷹束《たかつか》家も古くから続く名家というやつで、衣食住も教育も何不自由なく与えられ、不憫《ふびん》という言葉からは程遠い環境で育つことができた。

伯父には当然感謝している。だけどどちらかというと一人で本を読んだり、のんびりと過ごすことを好むタイプの僕には、伯父が掲《かか》げる教育方針は厳しすぎて受け入れ難かった。

例えば真冬に突然滝行《たきぎょう》に連れて行かれたり、遊ぶ時間を制限されて、居合《いあい》や茶道の稽《けい》古《こ》を強要されたりした。

一昨年、大学を卒業すると同時に大手不動産会社に就職し、家を出たおかげで、ようやく程良い距離を保つことができるようになったと安堵《あんど》していたのに。

「あの……意味がよく、わからないんですが？」

普段は大抵黙ってやり過ごすが今回ばかりは無理で、つい言葉を返した。

すると伯父の鷹束直虎《なおとら》は、僕の質問に目を眇《すが》めた。

いつも通り、渋い色合いの和服を身に着け、白髪の増えた髪をきっちりと整えた姿はどこか威圧的で、名家の主を具現化したような佇《たたず》まいをしている。

「当然、説明するつもりで呼び出したに決まっているだろう。答えを急ぎすぎるなと常々教えてきたはずだが？」

伯父がこういう物言いをする場合、いくら張り合っても疲れるだけだとわかっていたので、おとなしく口を噤《つぐ》んだ。

「実はな……うちが管理している土地の扱いで、少々問題が起きた」

その話によると、鷹束家が長年持て余したまま放置していた土地に隣接する白然公園が来年度、世界遺産に認定されることになったらしい。その影響を受けて、税金が爆発的に跳ね上がるのだと言う。

それは新しく打ち出された固定資産税だとか都市計画税といった類いのもので、聞けば節約すれば一生働かなくても生きていける程の金額だった。

「このまま何も手を打たなければ数年後、確実に鷹束家は破産するだろう」

伯父の表情は極めて神妙《しんみょう》で、事態が切迫していることが伝わってきた。だが幸い、対処方法はあるらしい。

どうやら土地を手付かずのままにしておくのがいけない、ということらしく、「広く公衆のために利用する施設、または場所」として手を加えれば、跳ね上がった分の税金は国が負担してくれるのだという。

伯父もそこに目をつけ、活用してくれる企業を募《つの》ることにしたらしい。

提示した条件は悪いものではなく、むしろ相手側に利益が多くなるように配慮した。だからすぐに話がまとまると踏んでいたそうだ。

しかし実際は、どこの企業も話に乗ってくれなかった。どうしたものかと手をこまねいていた時、救いの手を差し伸べるようにある企業が名乗りを上げた。しかも相手方はこちらに更なる協力を申し出たという。

あまりにも好条件すぎて、伯父も少々胡散臭《うさんくさ》いと感じたそうだが、他に選択肢はなく、その企業と手を組むことを決めたらしい。

だとしたら円満解決だし、なんの問題もないような気がするが、伯父の表情は浮かないものだった。

「本当にでき過ぎた程いい話だ……だがうまい話には、裏がある。相手はこちらの条件をすべて飲む代わりに、ひとつだけ交換条件を出してきた」

「それは一体……」

どんな難題だと眉を寄せると、伯父も負けじと眉間《みけん》に皺《しわ》を寄せて僕を見た。

「相手の企業は深山建設という。名前を聞いたことはあるか？」

「はい。最近話題になっている、面白そうな仕事をしてる会社ですよね？」

元々地元では有名な建設会社だったが、腕のいい技術者たちが揃っているのか、芸術家が考案した巨大オブジェの組み立てや、特殊なコンセプトの遊園地の建設など、手がける仕事にユニークなものが多い。最近では画期的な都市計画を掲げた新興住宅地の建設に携わったのがきっかけで、「街づくりの新たなる革命児」と謳《うた》われ、ドキュメンタリー番組に取り上げられていたのを見た記憶がある。

「新進気鋭の企業ですし、かなり良い取引相手なのでは？」

「新進気鋭だと…？　深山なんぞ単なる地元の建設屋にすぎん！」

間髪《かんはつ》いれず声を張り上げる伯父の様子にたじろぐ。

「しかもあいつめ、こちらの弱みにつけ込んでとんでもない条件を出してきた……！」

伯父の言葉には、特定の人物に向けた苛立ちが浮かんでいて、まるで深山建設の社長をよく知っているかのようだった。

「ええと、お知り合い、ですか？」

「一応な。二度と関わるつもりなどないはずだった。おまけに提示された条件の忌々《いまいま》しいことといったら……！　塩を一トン程撒《ま》いて、ヤツを埋めてやりたいところだ」

伯父の苦渋《くじゅう》の表情を見る限り、何か相当な因縁《いんねん》があるに違いない。

「一体どんな条件なんですか？」

「……わが鷹束家との結束、およびそれに伴う親睦《しんぼく》と協力。その証に互いの身内同士で婚姻関係を結びたいそうだ」

それはまた随分と古くさい申し出だ。事業のための、つまりは政略結婚。今どきそんな話が本当にあるのかと驚いた。

とはいえ一体誰が結婚するんだろう。首を捻り、最初に言われた「見合い」という言葉に辿り着き、驚愕《きょうがく》のあまり息を呑《の》んだ。

「まさか。それで僕に見合いをしろと言っているんですか？」

「そうだ。正直全く気が進まん。だがこうなった以上仕方がない。……とはいえ、息子と娘には相手がいるうえに、年内に結婚が決まっている。それを引き裂いてまで忌々しい相手と結婚させるのはさすがにな……」

確かに、それは親として心が痛むに違いない。おまけに僕の従兄弟《いとこ》にあたる二人は伯父の子供なだけあってかなり頑固で逞しい性格をしているし、強引にことを進めれば家庭内戦争が起こるのは目に見えていた。

「その点秋人、おまえは相手もおらず、全くもって浮いた話もないと聞いているが」

「それは……そう、ですが……」

一体誰に聞いたか知らないが、残念なことに指摘通り、僕には現在好きな人も恋人もいない。

「全く情けない。鷹束家の男たるもの、二十四にもなって一人でふらふらしているなど言語同断。とはいえ、おまえに関しては母親に似られても困る。その点だけを取るならば、深山の身元はしっかりしているし、おまえの父親と違ってどこの馬の骨とも知れないわけではないからな」

その話題と同時に目を逸らしたのは、長年の経験からくる反射みたいなものだった。

伯父は時折こうやって両親の話をする。二人は僕が六歳の頃、交通事故で他界してしまった。

母は鷹束家の箱入りのご令嬢で、伯父にとってすごく大切な妹だった。そんな母が選んだ相手が伯父曰《いわ》く、「どこの馬の骨とも知れない」父というわけだ。

父は、半分だけイギリス人の血を引いた穏やかな性格の人で、街の小さな塾で子供たちに英会話を教える仕事をしていた。身元は怪しくないし、十分きちんとした人だったし、のんびりしているようでいて芯の通った男前な性格をしていた。

母も令嬢らしからぬ肝《きも》が据わった所がある人だったので、気が合ったのだろう。

二人は恋に落ちた。しかし、家柄がどうのと強固な反対を受け、殆《ほとん》ど迷わず駆け落ちを決めたというのだから、勇気ある両親の決断に拍手を送りたい。

家族で暮らした日々は、とても幸せだったと記憶している。だけどそれは、伯父には受け入れがたい事実なのだろう。

僕がどれだけ幸せだったかを訴えても否定し、汲《く》み取ろうとしてくれなかった。小さい頃はそれが悲しくて仕方がなかったけれど、この齟齬《そご》は互いの立場の問題なのだと、大人になるにつれて理解できた。これは、言葉でいくら伝え合っても埋められない溝《みぞ》なのだ。

それに伯父は強い口調で父と母を非難しながらも、いつも少し悲しげに見えた。気付いてからはよけいに、この話題自体が辛く感じるようになった。

できれば自然な流れで話題を変えたかったがタイミングを見失い、早く話が終わることを祈っていると、伯父は思い出したように一枚の写真を差し出した。

「深山に渡された。おそらく見合い写真のつもりなのだろう」

そこには、二人の男性に囲まれるように、一人の女性が写っている。全員僕とさほど年齢が変わらないように見えるし、似た顔立ちをしているので、兄妹なのかもしれない。

「相手の名前は、深山いつき、といったか……おそらくその女性が、おまえの見合い相手だろう」

写真の中央で微笑んでいるのは、長い黒髪にはっきりとした目鼻立ちをしたきれいな人だった。意志の強そうな瞳が印象的で、動きやすさを重視した服装に身を包んでいる。

こうなった以上、この場で伯父にいくら反論したところで、状況は変わらないだろう。だとしたら、話し合いはこの写真の人物とするべきではないだろうか。

向こうも僕同様、「こんな見合いはまっぴらだ」と思っている可能性がある。

「というわけで、秋人。この話は進めさせてもらうからな」

伯父も交換条件は不本意ではあるものの、一人でのんん気に過ごしている僕と、身元の確かな人物とを結びつける点においては乗り気なようだ。

余計なお世話だし、到底《とうてい》納得できないものの、僕は一縷《いちる》の希《のぞ》みを抱いて、伯父の話を受け入れるふりをした。

段取りは驚く程迅速《じんそく》に整い、それから三日後の夜に見合いの場を設《もう》けることになった。指定された場所は有名な料亭で、顔合わせ程度の食事会という名目で、両家とも、当人と付添い一名で行うと決まったらしい。

約束の当日、僕は仕事を終えた足で鷹束家に向かい、伯父と共にタクシーで料亭に向かった。

それまでは実感が湧かずにいたけれど、車が動き出してようやく緊張が身体を包み込んだ。

服は状況に合わせて、手持ちの中でも上等なダークグレーのスーツを選んだ。髪もそれに合うように整えたので、普段のんびりしている風に見られがちな印象も、ある程度払拭《ふっしょく》できているはずだ。これなら相手方に失礼ということはないだろう。

隣に座る伯父も、いつもより気合いの入った着物を身に着けている。もしかしたら相手に舐められたくないという意志の表れかもしれなかった。

そうこうしているうちに辿り着いた料亭は、静かな路地に、ひっそりと店を構えていた。品のいい店だと身構えながら足を踏み入れると、従業員の丁寧な対応に緊張が募った。長い廊下を案内されて、ようやく奥の部屋の前に辿り着く。

「お連れ様は中でお待ちになっております」と言われて、襖《ふすま》を開く手が一瞬止まった。ふと目を向けると、伯父も小さく溜め息をついている。気が重いのは同じらしい。けれどここで帰るという選択肢はない。

意を決して、「失礼します」と声をかけ、慎重に戸を開いた。

六畳程の広さの部屋。その中央の座卓の前に、一人の男性が待ちかまえていた。

年の頃は伯父と同じくらいだろうか。ラフなジャケット姿であぐらをかき、手持《ても》ち無沙汰《ぶさた》そうに湯のみを持ち上げている。しかし、僕と伯父を見た途端、ぱっと明るい表情を浮かべ、軽快に片手を上げた。

「よぉ。久しぶりだな直虎、それにアキくんだね。ごめんね、急にこんな場所に呼び出して、どーぞ座って」

男性は姿勢を正しながら、朗《ほが》らかな笑顔と口調で、僕たちに席を勧めてくれた。

「深山、気安く秋人の名前を呼ばないでもらおうか」

伯父は、相手の気遣いをぶち壊すかのように容赦《ようしゃ》なく文句を言う。あまりの言い方に冷や汗をかくが、当の男性は嫌な顔をするどころか、声を上げて笑い飛ばした。

「いきなり怒るなって。相変わらずめんどくせえ性格だな。アキくん、こんな伯父さんのもとで暮らすの大変だっただろ？　もう今日からうちの子になっちゃえばいいのに」

近所の気さくなおじさん、といった軽快な言動に、困惑した。

「秋人、こいつの話は無視しろ。耳が腐るぞ」

……と言われても、どう見てもこの人が相手方の父親に違いない。

無茶な要求はやめてくださいと目で訴えると、伯父は盛大な溜め息を吐き出しながら、席につくよう命じた。

「……本来ならば紹介など微塵《みじん》もしたくないが。この男は深山信周《のぶちか》。深山建設の、つまり相手側の、言っただろう、アレだ。わかるな？」

伯父はよほど紹介したくないらしく言葉を濁したが、僕は深くお辞儀をした。

「初めまして。鷹束秋人です」

「うん。立派になったなぁ。うちのと大違いだ。それにお母さんによく似て美人だし、髪や目の色はお父さん譲りだね」

指摘に驚いて顔を上げると、深山建設の社長は離れて暮らしていた身内に向けるような、優しい表情を浮かべていた。

僕の髪と目と肌は、イギリス人の血を引く父の影響で、少しだけ明るい色をしている。しかし母譲りの和風な面立ちのため、初対面の人と接する際、微かな違和感を与える要因となっていた。

「両親のことを、ご存知なんですか？」

「ああ。実は、俺と直虎は同じ大学で、きみのお母さんとも友達でね。彼女の駆け落ちを、ほんの少し手助けしたこともあるんだよ」

「そうなんですか……？」

「そ。でも殆ど彼女一人でやってのけたから、手助けといっても微々《びび》たるものだけどね」

もっと詳しく話を聞きたくて僕が身を乗り出すのと、遮るように伯父が唸るのが同時だった。

「深山、それ以上よけいなことを喋るな。あと、うちの秋人を必要以上にじろじろと見ないでもらおうか」

伯父は僕らの会話を断ち切るつもりで口を挟んだようだが、深山社長は全く動じることなく好戦的な笑顔を浮かべている。

二人の仲が悪い理由がわかった。正直見合いよりもそちらの話題に興味が湧いたが、伯父の防壁が強すぎてそれ以上踏み込めない。

それに相手は……まだ来ていない様子だが、遅れているのだろうか。

「あの。ところで、お相手のいつきさんは……？」

「それが、仕事が長引いてるらしくて。もうすぐ来ると思うからそれまで義父《とう》さんとお話しようか。『ご趣味はなんですか？』なぁんちゃって～！」

お見合いってこんなに砕けた雰囲気でいいのだろうか。しかも、満面の笑みで接してくれる深山社長は、どうやら僕を受け入れる態勢が整っているらしい。

内心、首を傾げた次の瞬間、伯父が見事な木目の座卓に、力いっぱい拳を叩きつけた。

「何が義父さんだ、このすっとこどっこいが！　まだ結婚すらしてない不審人物を、秋人が気安くオトウサンなどと呼ぶわけがないだろうが！」

「んなもん遅かれ早かれの問題じゃねーか。それとも何？　もしかしておまえ妬いてんの？　自分はどう足掻《あが》いたって『伯父さん』止まりだもんなぁ、オジサン」

見事な煽《あお》りを切っ掛けに、伯父は深山社長を睨み付けると罵詈雑言《ばりぞうごん》をぶつけはじめた。

しかし深山社長も負けておらず、二人のやり取りは「学生時代はこんな感じだったんだろうな」と窺《うかが》わせるには十分だった。

僕が介入したところで収まるようなものではないので、二人から遠ざかり、用意されていたお茶にそっと手を伸ばす。

最近のお見合いは斬新《ざんしん》だ。それにとてもうるさい。いっそのこと席を外してしまいたいがそうもいかず、無心でお茶を飲む以外やることがないのが辛かった。

どうしたものかと溜め息をついた時、渾沌《こんとん》とした場の空気を断ち切るように、襖が開いた。

「すみません、遅れました」

堂々と響く声に二人の喧騒が止んだ。入り口に目を向けると、そこに佇んでいた人物が物怖じしない様子で一礼した。

慌ててこちらも背筋を伸ばすが、同時に激しい違和感に襲われる。

その人は、落ちついた動作で襖を閉めると、迷わずに僕の向い側の席についた。

続いて写真の女性が現れるのだろうかと待ち構えたが、そういうわけでもないらしい。

何かがおかしい。

しかし、向かいの人物は、迷いのない眼差《まなざ》しで僕を見ていた。

確かにその顔立ちは写真の女性に似ている。整った目鼻立ち、少しばかり好戦的な印象の、意志の強そうな瞳。

だけど男だ。

短く整えられた黒髪、程よく鍛えられた体格に洗練されたスーツを纏《まと》った姿はとても凛々《りり》しい。まさに好青年といったその人にようやく既視感《きしかん》を覚え、写真に写っていた三人のうちのひとりだと気づいた。

彼も付添いかと思ったが、確か両家とも一名でよかったはずで、伯父も戸惑っているのか訝《いぶかし》しげな表情でゆっくりと茶をすすっている。

……この人、何しに来たんだろう。

そんな疑問が頭の中を満たした頃、深山社長が満《まん》を持《じ》して告げた。

「待たせてすまなかったね。こいつが見合い相手の樹だ」

その言葉を聞いた途端、伯父が盛大にお茶を吹き出した。

「直虎、大丈夫か？」

「大丈夫なわけがあるか！　深山、ふざけるんじゃない！」

伯父が叫びながらまたもや卓を力一杯叩いたせいで、湯のみがひっくり返ってしまう。

「あー、何やってんだ、おしぼりおしぼり！」

僕らは慌てて零れたお茶を拭きにかかった。

一通り卓の上を整えなおし、水滴が畳まで到達していないか確認するために、卓の端に移動して下をのぞき込む。

好青年も同じように身を乗り出し、「畳は無事みたいですね」と声をかけてくれた。そして、距離が近づいたほんの一瞬をついて、耳元で囁く。

――ひとまず、話を合わせろ。

それを聞いた瞬間、ピンときた。

もしかしたら、この人は僕と同じことを考えているのではないだろうか。

望んでもいない見合い、当然、結婚なんかする気はない。しかし表立って断れない理由があるのだとしたら……。

安堵と喜びが胸中に満ちる。それに、話を合わせろと言うくらいだから何か策があるのだろう。

「乗った」という意志を込めて小さく頷くと、彼は形の良い目を微かに細めた。

落ちつきを取り戻したところで、僕たちは各々《おのおの》の思惑を抱いて向き合った。そして深山樹は、改めて僕と伯父に丁寧に頭を下げた。

「お待たせして本当にすみません。父が、おかしなことを言ってなければいいんですが」

なんて礼儀正しい人だろう。そしておそらく既《すで》に作戦は始まっている。迷わずこちらも流れに便乗《びんじょう》することにした。

「いえ。とても気さくに話しかけてくださって、嬉しく思っていたところです」

ごく自然に受け答えをする僕に、伯父は明らかに困惑の目を向け、二度見した。言いたいことはわかるし、至極《しごく》真っ当な反応だ。だけどこの流れに乗りきらなければならない。

「じゃあ、改めてご挨拶から～、て感じでいいのかな？」

深山社長が緊張感なく僕らを見回すと、伯父が「待て」と声を上げた。

「深山、これはどういうことだ。男同士で見合いだなんておかしいだろうが！」

「いやその……でも、樹はうちのいち押しだぞ、次男だし」

「次男がどうした！　話にならん。悪いが、現在鷹束家から嫁《とつ》がせることができるのは秋人しかいない。こんな見合いは当人同士もごめんだろう、というわけでこの話は破談だな。秋人、帰るぞ」

これ以上何も言うことはないとばかりに伯父は立ち上がる。

一瞬、もしかしたら深山樹はこの展開を狙っていたのかもしれないと期待したが、彼は何を思ったのか、伯父を引き止めるように宣言した。

「もちろん、それで構いません」

「………なんだと？」

伯父はその言葉にさらに混乱したようだ。しかし深山樹はもう一度、一言一句よく通る声で言った。

「相手は秋人さんでかまいません。どうぞよろしくお願いします」

そして堂々と、頭を下げて見せたのだ。

伯父は言葉もなくしばらくの間立ちつくしていたが、助けを求めるように僕を見た。

「秋人……おまえはどうなんだ。いや、どうもこうもないが、はっきりと本音をぶちまけてやりなさい」

正直、この流れがどこへ向かっているのか見当もつかない。けれど、覚悟を決めた。

「はい。僕も問題ありません」

迷わず言い切ると「おまえまで一体何を……！」と伯父の怒号《どごう》が響いた。

「問題は！　あるに決まってるだろう！　樹くん、だったか？　君は男で、秋人も男だ。おまえたちは男同士で結婚するというのか！」

怒鳴《どな》り散らす伯父に、深山樹は迷いなく頷いてみせた。

「今年法律が改正されて、同性婚が認められましたよね。なので結婚は可能ですし、おかしなことではないと思います」

それは事実だった。年明けを境に法律が変わり、性別を越えて婚姻関係を結ぶことができるようになった。

　おかげで近ごろ同性婚がブームになりつつあるのは知っている。

　それ自体はとても素晴らしいことだ。愛に性別は関係ないという意見に異議を唱えるつもりは毛頭《もうとう》ない。偏見も特にないつもりだが、僕自身が、まさか同性と見合いをして、受け入れるふりをする日が来るとは考えもしなかった。

　僕らの揺るがない受け答えに伯父は固まっていたが、深山社長は軽快に膝を打った。

「じゃあ問題解決だな。さっそく飯でも食いながら親交を深めようか。すいませーん、料理運んでもらっていいですかー？」

　襖の向こうに声をかける深山社長に対し、伯父はまだ二の句が継げずに呻《うめ》いている。

　その様子を気の毒に思ったのか、深山社長は座卓の下から上品な紫の風呂敷《ふろしき》に包んだ品を取り出し、伯父の前に置いた。

「まああれだ、息子同士が結婚すれば、俺達も義理の親同士ってことになるだろう？　この際、仲違いはやめないか。いろいろな詫《わ》びも兼ねて、うちからの心ばかりの結納《ゆいのう》の品ってことで、どうか収めてくれ」

　そう言いながら風呂敷を解くと、モダンな装丁の古い書籍が数冊現れた。伯父はそれを見て驚愕に目を開く。

「夏目漱石《なつめそうせき》の初版本……だと」

伯父は、日本文学作家を敬愛する古書コレクターという一面を持っている。確か目の前に並ぶ品々は、幻と謳われ長年探していたものではなかっただろうか。

人生の半分をかけて探していたものを惜しげもなく目の前に差し出され、ついに思考が停止してしまったようだ。

ところで、見合いが開始早々にまとまった場合、残りの時間は何をして過ごせばいいのだろう。しかもこれは口裏合わせの演技にすぎない。

そんな戸惑いを見抜いたように、深山樹が僕に話しかけた。

「父の気が早すぎて驚きましたよね。単にああいう性格なだけなので、あまり気にしないでくれると嬉しいんですが」

「……いえ。大丈夫です」

頷いてみせると柔らかな笑顔が返ってくる。

そういえば、この人は僕に対して観察するような目を向けてこない。

初対面の人は色素の薄い目や髪を不躾に見ることが多いのに、彼は最初から自然な態度だった。

些細なことだが、それが僕にはひどく好印象に映った。

「せっかくですし、見合いらしい会話でもしませんか？」

突然の提案に首を傾げると、彼は目線で僕の隣を示す。見ると、伯父が深山社長に話しかけられながらも、明らかに強い疑惑を浮かべてこちらを凝視《ぎょうし》していた。……なるほど。ひとまずこの伯父をどうにかしなければならないようだ。

「そうですね……では、樹さんは、お仕事は何を？」

「父の会社を手伝っています。といっても人手が足りなくて、都合よく使われているだけですが。今日も、先日着手した建築物の外壁素材を、設計士の方が急に変えたいと言うので、対応に追われました」

聞けばそれは、市内の新しいランドマークになると言われている文化センターの仕事で、「現代のガウディ」との異名《いみょう》を持つ、有名な日本人建築家が設計し、話題になっている建物だった。

「面識があるなんて、すごいですね」

「いえ、元々うちと懇意《こんい》にしていた方というだけで。秋人さんも、建築に興味があるんですよね？　大学でも勉強されたとか」

誰に聞いたのか知らないが、事実なので頷く。

「ガウディが好きで、そこから興味を持ったという単純すぎる理由なんですが……いつか、グエル公園を見に行きたいと思っていて…」

「いいですね。実はスペインには、数年前に旅行に行ったことがあるんです」

それはとても羨《うらや》ましい回答だった。あの国には憧れてやまないものがいくつも存在する。

行ってみたいのは山々だが、ヨーロッパの西端に位置する国は、一人で飛び込むには距離や気持ちの上で少々遠く感じる場所だった。

すると彼は、まるで名案を思い付いたように提案する。

「だったら、新婚旅行はスペインにしましょう」

自然な流れで飛び出した機転の利いた冗談に、素で笑ってしまった。どうやら僕の見合い相手は、随分と話し上手な人らしい。

実際深山樹は、見た目以上の好青年だった。

明朗な受け答えに加え、言葉選びも会話の繋げ方も上手い。どちらかというと社交的ではない僕ですら、話しやすいと感じる程だった。

おまけに整った顔立ちに意志の強そうな瞳。表情も声も朗《ほが》らかで、素直に感情が伝わってくる。物怖じしない態度に加え、スーツの着方もこなれていて、普段からやりがいのある仕事をしている姿が想像できた。

しかも何がそんなに嬉しいのか、時々柔らかく目元を緩める。そうすると、少しだけ好戦的な瞳が親しみの籠った優しい印象になり、こちらの気持ちも和《なご》んだ。

これが見合いというおかしな状況でなければ、友達になりたかったと思える程魅力的な人物だ。口裏合わせの一環に過ぎないやりとりも、予想していたより楽しくて、見合いの終わりまでの時間をあっという間に感じた。

伯父はというと、膨れあがる困惑を酒で洗い流そうとしたのか随分と飲んでしまったらしく、料亭を出る頃にはひどく酩酊《めいてい》していた。

一人では立っていられない程で、近くに停車していたタクシーを呼び寄せると、深山社長がどうにか伯父を後部座席に押し込んでくれた。

意外と手のかかる人なんだよな……と、ため息をつくと、背後から控えめに声をかけられた。振り返ると見合い相手が、真剣な眼差しで僕を見ていた。

「よければ近いうちに、飯でも食いに行きませんか。本当に話したいことが話せなかったので」

確かに、この場で算段を立てるのは無理があるし、今後のことは日を改めて話し合った方がいいだろう。

「はい。是非《ぜひ》」

ちらとタクシーに目を向けて距離を計り、伯父と深山社長の耳に届く心配がないことを確認してから、僕はようやく彼に本音を打ち明けた。

「あの、今日はありがとうございました。すごく嬉しかったです。あなたも同じ気持ちだったなんて。実は、結構不安だったので」

だけどこうなった以上、僕らは最良の協力者になれるはずだ。

彼も僕の言葉に安堵したのだろう。笑顔で、しっかりと頷いてくれた。

その時、タクシーの中で唸る伯父と、深山社長の声が聞こえた。くだを巻いている様子を見ると、早々に連れて帰ったほうがよさそうだ。

「……すみません、とりあえず、今日はこれで失礼します」

会釈すると、突然強い力で肩を掴まれた。驚いて僕より少し高い背を見上げると、彼はなぜかスマホを構えて、真正面から僕の写真を撮る。

なんだ今の。驚いていると深山樹は真剣な様子で訴えた。

「すぐに準備するんで、連絡も、必ず……！」

強い意気込みに困惑しながら、ならばと会社の名刺を渡す。

「じゃあ、この番号かメールに連絡をください」

勢い余ったのか、彼は差し出した名刺を僕の指先ごと握りこんだ。向けられる眼差しには強い意志が宿っている。もしかしたら、彼の方が僕以上に気を張っていたのかもしれない。

「それでは、また」

挨拶を終えると僕は踵《きびす》を返し、伯父を宥めながら一緒に車に乗り込んだ。

そんな僕のことを深山樹は、姿が見えなくなるまで見送ってくれた。

正直ほっとして、帰りの車中での心境は晴れやかだった。

軽く伸びをしながらシートに背を預けると、その振動が伝わったのか、伯父が目を覚まし、怪訝《けげん》そうに僕を見た。

「秋人……おまえは本当にこれでいいのか……！」

結果的にはいい流れだ。しかし伯父に真相を打ちけるわけにはいかず、「はい」とだけ答えた。

すると「おかしい……秋人が、男と……！」と頭を抱えてしまった。

騙すのは気が引けるが、こうなった以上仕方がない。心を鬼にして目を逸らすと、伯父が唐突に息を呑んだ。

「秋人……おまえ、まさか弱みでも握られたんじゃないのか？　それなら納得がいく。深山め！　薄汚い真似をぉぉぉ……！」

「伯父さん、落ち着いてください」

「落ち着いてなどいられるか！　いいか、このくだらない茶番は絶対に阻止する。必ずあいつのしっぽを掴んで破談にしてやるから、今日のことは忘れなさい。いいな！」

そもそも勝手に見合いを決めたくせに、今度は破談にするという。いつもならあまりの身勝手さに腹を立てるところだが、この流れだと結婚騒動は意外とあっけなく幕を閉じるのだろう。不安材料が消えてしまえば、もう悩む必要もない。

伯父を鷹束家まで送り届けた後、一人暮らしの部屋に戻るなり、安堵と疲労に息を吐きながらジャケットやネクタイを床に放り出した。シャツが皺になるのも構わず、柔らかな寝具の上に身体を投げ出す。

予想以上の結果だ。相手も今頃、同じことを考えているかもしれない。

目論《もくろ》みが成功したら、一緒に祝杯を上げようと誘ってみようか。

そう思う程度には、深山樹との会話は楽しかった。

とはいえ、すべてが終われば連絡なんてメールで事足りる。だからきっと、僕らは二度と会うことはないはずだった。


しかし、事態は予想外の方向へ動き出す。


気付けば伯父からも見合い相手からも何の連絡もないまま、二週間が経過していた。

戻ってきた平穏な日々。しかし、その象徴みたいな休日の午後を撃ち破るように、突如としてインターホンが鳴り響いた。

宅配か何かだろうかと対応すると、インターホン越しの声が『しろくま引っ越しセンターの者です』と、名乗った。全く心当たりのない来客に首を傾げ、玄関のドアを開ける。

すると、白いユニフォームに身を包んだ屈強《くっきょう》な男達がずらりと列をなしていた。

「失礼ですが……部屋、間違えてませんか？」

「いいえ。間違いなくこちらの、鷹束様のお部屋で依頼を受けております」

目の前に差し出された契約書には、確かに僕の名前が記されている。だけど、自分で書いたはずのないものが、この世に存在している理由がわからない。

「引っ越しなんて頼んでませんけど……？」

「ですが、本日は『単身者向け、しろくまたちのご奉仕タイプ』でのご契約と伺っております。梱包《こんぽう》から不用品の処分まで、こちらでお引き受けするご負担の少ないプランですので、お客様は貴重品だけお持ちいただいて、あとはお任せください」

流れるような説明は、確かに魅力的なプランに聞こえた。ただし、引っ越しをする場合に限っての話だ。

「何かの間違いです、一体誰がこんなことを」

訴えると、スタッフは契約書の一部分を示した。

「ご依頼主は、深山様と伺っております」

聞き覚えのある名前を契約書上に見つけ、呆然《ぼうぜん》と眺めているとスマートフォンに着信が入った。ディスプレイに表示された名前は、この賃貸物件のオーナーからのもので、あまりのタイミングの良さに嫌な予感を覚えながら恐る恐る応じる。

すると受話器の向こうから『お部屋の契約が本日までなので、ご挨拶を』と告げられて、眩暈《めまい》と動悸《どうき》を堪えながら僕は尋ねた。

「あの、部屋の解約の手続きをしたのって……まさか」

『深山さんという方です。退去理由も「ご成婚」と伺っておりまして、おめでとうございます』

またもや飛び出した深山の名前と聞き捨てならない言葉に、困惑しながら電話を切った。

――一体どういうことだ……！

つまりこの状況は見合い相手によるものらしい。

勝手なことを、しかも結婚？　なんとしても話をつける必要がある。

怒りに震えていると、引っ越し屋のスタッフが控えめに声をかけた。

「あの……お客様、作業を始めさせていただいてもよろしいでしょうか？」

退去の手続きは既に済んでしまっている。こうなった以上、他に選択肢はない。

渋々頷くと精鋭部隊を思わせる作業員たちは早速作業に取り掛かり、驚く程連携の取れた動きで、僕の部屋を片づけ始めた。

元々物が少なかったせいもあり、住み慣れた部屋はあまり時間をかけずにもぬけの殻《から》になる。それを侘《わ》びしい気持ちで眺めているとスタッフの一人が、「移動先まで、お客様もお連れするようにと伺ってますので」と、僕をトラックの助手席に促した。

正直、望む所だった。沸々《ふつふつ》と怒りを滾《たぎ》らせて辿り着いたのは、市内の外れの一軒家で、年季の入った家の表札に「深山」の文字を見つけて、睨まずにはいられなかった。

顔を合わせたら、一体どんな釈明をするつもりだろう。

苛立ちながら身構えていると玄関が開き、当然のように深山樹が現れた。

さあ言ってみろ、謝罪か、弁解か、それとも……。

しかし彼は、やけに晴れやかな表情で「秋人」と馴れ馴れしく僕を呼んだ。

予想と違う反応に出鼻《でばな》を挫《くじ》かれた隙に、今度は自然な動作で僕の左手を取ると、「少し強引に進めたけど、今日からよろしくな」と言って、薬指に指輪を嵌《は》めたのだった。

「ちょっとタイム！」

あっという間に荷物が運び込まれた部屋の中、家の案内を買って出た彼に、ようやくタイムを申し出た時には日が沈んでいた。

「え？　……なんですかこれ、おかしいですよね？」

怒りと戸惑いを露《あらわ》に問い質すが、樹は「何が？」とでもいうように瞬いてみせた。

不思議そうにされても困る。引っ越しから指輪まで、どう考えても何もかもおかしい。

ならばと、よく見えるように、左手を突き出す。

「これとか、引っ越しも横暴すぎるし、説明してくれないと意味がわかりません！」

すると深山樹は、ようやく僕の怒りの理由を理解したのか小さく眉を寄せた。

「だから、少し強引に進めたって最初に謝っただろ」

「少しなんてものじゃないでしょう、口裏合わせの見合いで、ここまでする必要がありますか?」

僕の訴えに彼はさらに訝しげな表情をした。その反応に違和感を感じたが、ここで引き下がるわけにはいかなかった。

「あの、はっきりさせておきたいんですが、そもそもなんで結婚しなきゃならないんですか? あなたも僕同様、無理やり駆り出された被害者なんですよね?」

彼は表情を変えずにじっと僕を見た。どこか呆然としている様子に不安が募り、さらに言葉を重ねる。

「今どき政略結婚だなんて。しかも同性愛者じゃないのに男同士って無理がありすぎるし、ここまでするのは仕事のためですか? だとしたら理由さえ教えてくれれば、僕も協力できるかも……」

僕の訴えに、彼の表情が変わっていく。しかしその変化は予想したものとは違っていた。無表情になり、さらには心なしか青ざめているように見える。

「……つまりおまえは、わけもわからず見合いをしたってことか?」

「わけって……だから、政略結婚ですよね?」

それ以外何があるんだろう。困惑を浮かべると、相手もかなり動揺している様子だった。

僕らは互いに押し黙り、視線で互いの意図を探り合った。そして長い沈黙の後、深山樹はたまりかねたように呻く。

「それなら、なんであんなに乗り気な言動をした……！」

「話を合わせろっていったじゃないですか、だから」

「合わせすぎだ、勘違いしただろ！」

「勘違い？　待ってください……一体、何を言ってるんですか」

　樹は苦々しげに呻くと、不機嫌な表情のまま、髪をぐしゃりとかき混ぜた。その様子は、先日の好青年然とした振るまいとはかけ離れていた。おそらくあれは取り繕った姿だったのだろう。

「あの……とにかく、状況を説明してくれませんか？」

　追い討ちをかけるようで申し訳ないが、わけがわからないのだから仕方がない。すると、彼はゆっくりと顔を上げ、なぜか多大な不満を訴えるように僕を見た。

「……先週、全部が上手くまとまりかけた時に、おまえの伯父さんがうちに来て、この縁談を取消にすると脅《おど》してきた」

　確かに伯父は、深山家のしっぽを掴むと明言していた。あの人のことだからやると言ったら手段は選ばないだろう。

「それで？」

「邪魔される前に、とりあえず籍を入れた」

「……は？」

不穏《ふおん》な言葉に、聞き返さずにはいられなかった。

「籍を、入れた？」

「ああ」

「誰の？」

「おれたちの」

何言ってるんだこの人。

目の前の男を、魂《たましい》が抜けたような気持ちで眺めた。この家にたどりつくまで怒りで滾っていた感情が、急速にしぼんでいく。

立ちつくしていると次第に頭が追いついてきて、全身にぶわりと嫌な汗をかいた。

「え？　なんで？　どうしてそんなことを？」

どうにか絞り出した疑問に彼は、ばつが悪そうに頭を掻く。

「……乗り気に見えたし、早い方がいいかと思って」

「はぁ……？　乗り気なわけないだろ……何をどうしたらそうなるんだ！」

「だったらきちんと意思表示しろよ！」

逆ギレに言葉を失い、僕は後方に数歩よろめいた。

本気で意味がわからない。しかしこの男が、勝手な思い込みと勢いで籍を入れてしまったことだけはわかった。

ていうか書類はどうしたんだ。戸籍謄本《こせきとうほん》や本人確認書類って他人でも取得できるものなのか？　当然婚姻届にサインなんかしていない。つまり偽造のオンパレードなわけで……それって犯罪では？　と血の気が引いた。

「つ、つまり、今の話だと、伯父の邪魔を回避するために、とりあえず籍を入れたってことか？　僕がよしとしていると思いこんで、婚姻届を偽造して、勢いで？」

「……まあ。だけど、結婚って勢いだろ」

勢いがありすぎる！　という反論は、驚きすぎて声にならなかった。

しかし僕の両親も勢いを重視した結婚をしているので強く否定できない。

とはいえ思い込みでここまでするなんてこの男、かなりの危険思想の持ち主なんじゃないだろうか。それどころか最初から籍を入れるのを想定して動いていた可能性がある。

……そう思い至った時、そもそも見合い自体が仕組まれていた可能性に気付いて、血の気が引いた。

「……伯父が、土地を手放そうとした時、好条件なのに中々話がまとまらなかったって聞いたんですけど……何かしました？」

「……どうしても手に入れたい取引なら、策略があって当然だろ」

何をどうとは断言しなかったが、間違いなく裏で手を回したに違いないと確信し、思わず唾《つば》を飲み込んだ。

「どうしてそこまで？　……『話を合わせろ』って、どういうつもりで言ったんですか？」

質問に分の悪さを感じたのか、彼は顔を背けて完全に無視した。大人げない態度にさらに苛立ちが募る。

「それにこれ、どうするつもりですか、勝手に引っ越しまで……」

部屋の中にずらりと並ぶ段ボールを眺めると、自然と溜め息が零れた。

一般的な一人暮らしの荷物に比べると少ない方かもしれないが、これをまた運び直して片づけるとなると、相当な労力がいる。

「土地かコネが目的なんだとしても、事情さえ教えてくれればこんなことしなくてもよかったのに」

「……こんなこと？」

冷たい声が耳障《みみざわ》りに響く。

見ると彼は、剣呑《けんのん》な表情で僕を睨んでいた。しかし、こうなってしまった理由を開示するつもりはないようだ。

僕も正直、これ以上話し合いをする気にはなれなかった。それよりも、この後どうすべきかを考えなければ。

「……とりあえず、しばらくの間、荷物だけ置かせてください。数日の内に取りに来るので」

一番現実的な提案をすると、彼はさらに表情を険しくした。

「……数日以内って」

「住む場所が見つかるまでです。アパートのオーナーに事情を話せば戻れるかもしれないし、それがだめでも新しい部屋を探します。籍も、役所に相談すれば無効にできるかもしれない。まだ手段はあるはずだ」

言いながら自分を鼓舞《こぶ》する。何もかも迷惑極まりないけれど恨み節を言う趣味はないので、詰み上がった段ボールに手を伸ばし、着替えなど最低限必要なものをかき集めるために箱を開けた。

「何してる」

「準備です、用が済んだら出て行きます」

「どこに」

「どこって、ビジネスホテルとか」

思いつくまま口に出すと、彼は唐突に僕の手を強く掴んだ。

「離してください。手伝わなくていいですよ？」

冷たく言い放ちながら睨み付けると、手を掴む力が強まる。

一体何のつもりだと身構えると、樹は声を低くして距離を詰めた。

「そうじゃない。どうせするなら、明日から出かける準備をしろ。引っ越しも、籍を外すのも後まわしだ」

「明日？」

彼は厳しい表情のまま一旦僕の手を離し部屋を出た。そして足早に戻ってくると、数冊の本を強引に押し付けてくる。

それは本屋でよく見る旅行のガイドブックで、どの表紙にもスペインと書かれていた。

「出発は、明日の早朝だ」

意味がわからず、ガイドブックと目の前の男を見比べる。

「出発？　スペインに？　何しに……？」

すると彼は、今度こそ怒りを露に声を張り上げた。

「決まってるだろ、新婚旅行だ！」

「しっ……新婚って、そんな」

それは「結婚したての者同士が行く旅行」という定義を思い浮べ、驚くべきことに、現状の僕らにも当てはまると気づいてしまった。

だけどおかしい。この流れで新婚旅行は絶対にありえない。しかし彼は僕の反論を、威圧的な眼差しと口調で押さえつけた。

「いいか。結婚したら旅行に行くと相場が決まってるんだ。通過儀礼だ、わかるな？」

「で、でも、僕たちが行く必要ってありますか？　ないですよね？　それにパスポートもないし、仕事もあるし」

「ぐだぐだうるせえな……！」

次の瞬間、鬼気《きき》迫る勢いで一気に壁際に追いこまれ、両手で逃げ場を塞がれた。身を竦《すく》ませると、彼はとんでもないことを口にした。

「仕事は有給申請を出した。パスポートも作った」

「勝手に、そんなこと、できるわけ……」

「身内ならできる。写真も撮らせてもらったしな」

その言葉に、見合いの最後に唐突に写真を撮られたことを思い出した。

あまりの行動力に完全に引いていると、彼はさらに人相の悪い笑顔で脅しをかけた。

「望み通り籍を抜いてやってもいい。ただしこの旅行だけは一緒に来たらの話だ」

「な、なんでそこまで旅行にこだわるんですか」

「直前でキャンセルすると違約金が発生するんだよ。それともおまえ、全部払ってくれるのか？」

「おいくらですか……！」

試しに尋ねると、彼がぶっきらぼうに言い放った金額は、ボーナスが吹き飛ぶ程のものだった。

自分で申し込んだわけじゃないのに、そんな大金を支払わされるなんて論外だ。しかもこれから新たに家を探すとなると余計な出費は避けたい。ならば旅行に行くほうがマシに思えてしまった。

「行って帰ってきたら籍を抜いてやる。交換条件だ。どうする？」

何もかもこの男のせいなのに、圧倒的な上から目線はなんなのだろう。

腹が立って仕方がないが、そこまで言うからには条件さえ飲めばすんなりと離婚するつもりでいるのだろう。ならば一番手っ取り早くて財布への被害が少ない選択肢は、旅に出ることだった。

「わかりました、行きます」

不本意極まりないが同意し睨みつけると、彼はようやく僕から離れた。

「……明日は早いから、準備したら寝ろ」

感情の読めない声で布団のありかと、風呂の場所を説明し、早々に部屋を出て行く。

その後ろ姿が見えなくなってようやく、緊張していた身体の力を抜くことができた。

ずるずるとその場に座り込む。馴染みのない他人の家の一室に取り残されて、重苦しいため息をついた。

「……どうしてこうなったんだろう」

壁に背を預け呟いた疑問は、誰にも聞かれることなく、掻き消えた。

とはいえ、行くことにした以上は荷造りはしなければならない。

荷物の中から以前、出張に出かける際に買った小型のスーツケースを引っ張り出す。けれど旅行の経験が乏しいので、着替え以外の必要な物が思い当たらない。旅行日程すら知らないのだから情報不足も甚《はなは》だしいが、あの男に尋ねる気にはなれなかった。

仕方がなく手渡されたガイドブックで調べると、スペインは現在夏の終わりかけの時期にあたるらしい。だが北と南で気温に差があるようで、結局、寒暖差に対応できる衣類を詰めただけのスーツケースが完成した。

それとは別に、貴重品を入れるためのショルダーバッグを準備したところで時間は深夜を回っており、慌ててシャワーを借りて汗を流した。

部屋に戻り、片隅に畳まれている布団を広げて潜り込んだが、こんな不安な心境で眠れるわけもなく、スマートフォンを片手にスペインについて調べずにはいられなかった。

長年の憧れの地ではあるものの、海外旅行は初めてで、不安は大きい。

言葉は、英語はできるものの、スペイン語となると、大学の授業で教わった程度の知識しかなく、簡単な単語を聞き取るのがやっとだった。

今からでも覚えられるだけ頭に詰め込もうと必死に足掻いていると、いつのまにか夜が明けていて、眠気を感じる間もなく今度は、「起きろ」と無情な声が響く。

後はそのまま身支度を整えて、早々に出発することになった。

家を出て最寄り駅から電車に乗り、さらにそこから特急に乗り込んでしまえば、あっけなく空港に到着した。

樹が時折出す短い指示、というよりは横暴な命令に従い、目まぐるしく移動を終えると、気づけば飛行機に乗り込んでいたという次第だ。

三列シートの右窓側の座席に収まり、呆然と外の景色を眺める。

「……展開が早い」

呟くと、隣の横暴男が「なんか言ったか？」と問いかけた。

ぎこちなく横を向くと、慣れた様子でシートに収まる姿があった。悪い夢ならいいのにという言葉は根性で飲み込む。

「……いえ。別に」

素っ気なく会話を終わらせると、樹はもの言いたげに眉を寄せた。

その時、通路側の席に座ろうとした乗客が盛大によろけて樹にぶつかり、その反動で、予期せず怖い顔が目前に迫った。驚き、目を見開くと、樹も目を丸くして呆然とした様子で呟く。

「おまえの目は宝石か？」

「…………は？」

どう捉えていいかわからない言葉に瞬くと、樹は「……いや、その、悪い」と、慌てて体勢を戻す。そしてぶつかってきた乗客の謝罪を受け入れながら、おもむろに取り出したサングラスをかけた。

機内で陽射しが眩しいはずもなく、それは僕と目を合わせたくないという意思表示に見えた。そういう意味も含めて僕はサングラスがあまり好きじゃない。こちらも目を逸らし、小型モニターの操作に集中すると、樹はそれ以上話しかけてこなかった。

おまけにシートに身を委ねるとすぐに抗えない程の睡魔が押し寄せてきた。

幸い、窓際の席は誰にも邪魔されずに眠ることができる。その恩恵にあずかり、飛行機が動き出してから到着するまでの間、僕はひたすらに眠り続けた。


目が覚めたのは肩を揺さぶられたからで、そうでなければもっと眠っていたかもしれない。

「もうすぐ着陸するぞ、起きろ」

馴染みのない声が告げた内容に半信半疑で身体を起こすと、程なくして着陸特有の衝撃が全身を包み込んだ。

ついさっき日本を発ったばかりのはずなのに……と驚いていると、「腹は？」と訊かれた。見ると樹は、飛行機に乗り込んだ時にかけていたサングラスをかけたままこちらを見ている。もしやずっとこの状態だったのだろうか……。

「一度も起きなかっただろう、腹、減ってないのか」

「……大丈夫です」

「ならいいけど。このあとまだ乗り換えるから」

手短に言うと、彼は自分の荷物を整えはじめた。

乗り換え、という言葉から、昨夜頭の中に叩き込んだ情報をたぐり寄せる。確か日本からスペインに行く場合、直行便の他に、アジア圏や中東などで飛行機を乗り継ぐルートもあるらしい。

では、ここはどこだと浮かんだ疑問は、機内アナウンスが解決してくれた。

『当機のヒースロー空港への到着時刻は、予定通りとなっています。また、天候は……』

思いもよらない地名に驚き、反射的に隣の男に話しかけてしまった。

「イギリス？　目的地はスペインですよね？」

樹は僕の質問に眉を寄せ、「だから、乗り換えるって言っただろ」と、素っ気なく答えた。

それはわかっている。僕が知りたいのは、なぜイギリス経由なのかということだ。けれど、そんな小さな疑問ですら質問しづらくて、静かに胸の中に収めたまま、初めての異国の地に降り立った。

ずっと眠っていただけなのに、地に足をつけると安心した。そんな僕を、先に降りた樹が「こっちだ」と急かしながら待ちかまえている。

身軽な服装、荷物は黒いバックパックのみ。おそらくかなり旅慣れているのだろう。反対に僕は、手荷物として持ち込んだ小型のスーツケースの扱いにすら、無様に手間取っていた。

それを見かねたのか、樹はため息混じりに歩み寄り手を伸ばしてくる。持ち手を強引に奪おうとするので驚いて、「いいです。自分で持ちます」と咄嗟《とっさ》に拒否すると、樹は「……ああ、そうですか」と眉を寄せ、再び足早に歩き出した。

その背中を眺めながら、改めてこの旅行の意味がわからなくなった。

仲良くなれそうにない。それどころか、いがみ合っている人物との新婚旅行だなんて、最高にわけがわからない。

いっそ今からでも、日本へ帰る飛行機に飛び乗ってしまおうかと本気で悩みながら、仕方がなく後に続いた。


次の目的地に向けて、新たに乗り込んだ飛行機は先程とは雰囲気が違っていた。乗客の人種は様々で、いよいよ外国に来たのだという実感が湧く。

乗り込む直前に見た表示によると、この便の移動時間は約三時間、ヒースロー発、ジブラルタル行きの飛行機らしい。馴染みのない街の名前に、ガイドブックを引っ張り出して項目を探した。

ジブラルタルはイベリア半島の最南端にある街で、スペイン国土にありながらイギリス領という、複雑な背景を持つ場所らしい。

それでイギリス経由の飛行機なのかと、ようやく納得できたものの、なぜそこを目的地にしたのかは見当もつかない。

ガイドブックで見る限り大きな岩山が目を引いたが、特に有名な観光地というわけでもなさそうだ。

つまり、答えを知っているのは隣の人物だけということになる。

ちらと様子を窺うと、鋭く「何？」と問われたが、目元は相変わらずサングラスで覆われている。

「……どうしてジブラルタルに向かっているのかと思って」

試しに聞くと、またもや「一番南端だから」と、雑な返事が返ってきた。

なるほど、彼はきっと先端愛好者に違いないと納得しようとしたが無理で、ガイドブックを持つ指先に自然と力が入った。

こんな人と何日も一緒に過ごすのかと考えるだけで、気が遠くなる。同じ立場の者同士、友達になれたらと想像したこともある。でも今は……と改めて目を向けると、「だから、何？」と不機嫌に問われ、やはり無理だと確信した。

結局僕たちはフライト中、殆ど会話を交さなかった。

長い移動時間を、僕はガイドブックを読み込むことに費やそうとしたが、全く集中できず、樹はイヤホンで音楽を聴きながらじっとしていたが、時折居心地悪そうに身動きをしている。

彼もこの状況を気まずく感じているのは明白で、だからといって歩み寄る糸口を見つけられる気がしない。

もしかしたらこの旅行中、僕らはずっとこのままなのかもしれない。

ぎすぎすして、よそよそしい関係。互いに快《こころよ》く思っていない同士で新婚旅行だなんて、やはり馬鹿な選択だったのだ。

唯一の拠《よ》り所《どころ》はガイドブックの中の色鮮やかなグエル公園だけで、写真を指先でそっと撫でながら溜め息をついた。……その時だった。

突然身体がシートから浮き上がるような不安定な感覚がした。続いて左右に強く揺さぶられる。航行に異変が起きていると気づいたのは、その揺れが二度、三度と続いたからだ。

「……え？」

恐る恐る周囲を見回すと樹も異変に驚いたのか、サングラスを外しながら姿勢を正した。

そして次の瞬間、平和だったはずの空の旅が本格的に撃ち破られた。

連続して機体を襲う激しい揺れ、どこからか女性の悲鳴が響き、恐怖が伝染するように機内に広がっていく。

「な、なに、わっ！」

言ってる側から不穏な振動が襲う。縋るように掴んだ肘かけには既に樹の手があり、意図せず強く握ってしまった。

「あっ、その、すいませんんっ」

しかし、離す間もなく再び機体が激しく揺れて、頭上でシートベルト着用サインが点灯した。続いて着席を促すアナウンスが機内に流れる。

さきほどまで軽やかに動き回っていたキャビンアテンダントが、真顔で席につき、シートベルトを固く締めている。それだけならまだしも、今度は後ろの席の老夫婦が神へ祈りを捧げはじめたおかげで、否応なしに緊張が高まった。

危険な状態なのだろう。もしかしたら死……という言葉が脳裏を過り、反射的に手に力をこめた時、樹が僕の手を励《はげ》ますように叩いた。

困惑しながら彼を見ると、なぜか全く動じていない。それどころか、「大丈夫だから、安心しろ」と落ち着いた声で諭す。

「この辺りは気流が乱れやすいんだ。それに飛行機は簡単に落ちないようにできてる。ダイバートは食らう可能性があるけどな……」

「だい、はーど？　映画？」

「じゃなくて、緊急対応として他の空港に着陸するやつ。この様子じゃジブラルタルには到着しないかもな」

冷静な口調だが、それってかなり大変なことなのではないだろうか。

「じゃあ、どうなるんですか？」

「近くの別の空港に着陸すると思う。まぁ、なんとかなるだろ」

樹にとってこの程度のことは許容範囲の内らしい。肝が据わった様子に驚いたが、心なしか向けられる目が優しい。

信じてもいいのだろうかと心が揺らいだ時、機体が一段と激しく揺れた。それと同時に、今度は前の座席のイギリス人らしきカップルが、「最後かもしれないから告白するけど、私本当はあなたのお父さんが好きなの！」「うそだろ？」と、世紀末のような告白をしはじめたので、やはり駄目かもしれないと覚悟を決めて、強く目を閉じた。


結論から言うと、飛行機は揺れに揺れたが無事だった。

しかし樹が言った通り、本来到着するはずだった空港ではなく、別の空港への着陸を余儀なくされた。

助かって何より。それは間違いない。……だけど。

『当機はジブラルタル上空の悪天候のため、サニア・ラメル空港に着陸しました』

……どこだって？

機長が告げた全く馴染みのない名前に動揺していると隣から、「モロッコか」という声が聞こえた。

見ると樹は真剣な表情で顎に手を当て、何かを考えている。

その横顔はやけに凛々しいが、とんでもない地名に呆然とした。

モロッコ？　今、モロッコと言ったのか？

スペインに辿り着くはずが、モロッコに着いてしまったということでいいのだろうか？となると、僕たちは一体どうなるんだろう。予定していたスケジュールは？　航空券は？　無事に日本に帰れるのだろうか？

押し寄せる不安を払拭できないまま機内から追い出されて、僕は未知の国の空港で立ち尽くした。

しかしこういう時、何をすべきかわかっている人の行動は、迷いがなくて素早い。

樹は飛行機を降りると手早くスマホを操作して何かを調べると、「少し待ってろ」と言い残して歩き出した。

彼が向かった先では、先程の飛行機の乗客達がカウンターに詰めかけ、不満を訴えている。

　耳を傾けると「保障」や「保険」という言葉が飛び交っているので、このアクシデントの対応を航空会社に求めているのだろう。

　樹もあの輪に加わるのかと思ったら、閑古鳥《かんこどり》が鳴いているカウンターに向かい、そこにいたスタッフから受け取った小さな紙にペンを走らせている。

　しばらくして戻ってくるなり僕の手からスーツケースを奪い、「行くぞ」と迷いのない足取りで歩き出した。

「あの、どこに？」

　背後のカウンターを振り返るが、まだ喧騒は止んでいない。

「話を聞かなくていいんですか？」

「必要ない。このまま街に出る」

「でも、飛行機に乗らないと」

「どっちみち今日は飛ばないだろ。なら、宿を確保するのが先だ」

「宿？」

　疑問符ばかりの会話に彼はようやく振り返り、背後の混雑するカウンターを示した。

「乗客達の殆どは目的地への振り替えを希望している。だけど今日は天候の回復の見込みがない、つまり欠航だ。となると航空会社は保障として、乗客たちに今日の宿泊先を提供する。空港に泊まるやつらもいるだろうが、あれだけの人数がこの近くの一ヶ所のホテルに、まとめて泊まれると思うか？」

背後を振り返り、大型のビジネスホテルがなければ難しいだろうなと見当をつける。

「しかもこっちの国の仕事は日本ほど細やかじゃない。適当に振り分けられて、おれとおまえがバラバラになる可能性が高い。おれは別にいいけど、おまえ、モロッコ訛《なま》りのアラビア語かフランス語はできるか？」

即座に首を横に振る。父が教えてくれたことを忘れないように勉強を続けたおかげで、英語は問題なく扱える。けれど他の言葉については自信がない。ましてやアラビア語の、しかもモロッコ訛りとくれば全く未知の領域だった。

「だから自分たちで宿を確保する。その後についても少し考えがある。とりあえず移動だ」

有無《うむ》を言わさず歩き出す樹に、黙ってついていく以外の選択肢はなかった。

出国ゲートをあっけない程簡単に越えて、空港の外に出ると天気がよく、突き刺すような陽射しに思わず目を細めた。

青い空と埃《ほこり》っぽい空気。そして最初に目に飛び込んできた光景は驚く程近代的に整備された街並みだった。空港内部も同様だったが、それはモロッコという国に抱いていたイメージとはかけ離れていた。

ここからどこに行くのだろうと疑問に思っていると、樹が「こっちだ」と誘導する。見ると、駐車場らしき場所にタクシーと思われる年季の入った車が停車している。樹は迷うことなくそのうちの赤い小さな自動車に近づき、運転席に座っていた男性に話しかけた。

少し浅黒い肌をしたその人は、鋭い眼差しを僕たちに向けている。しかし樹は臆することなく、英語と片言のアラビア語らしき言葉を駆使《くし》して交渉を始めた。運転手はじっと耳を傾けていたが、しばらくすると、「どうぞ」と後部座席を手で示した。

見るからに小さな車体に乗り込むと、当然中も狭い。

樹のほうが僕より少し背が高いのだから、さらに狭く感じているはずだが、それを不満に感じている様子はなく、静かに窓の外を眺めていた。

僕はできれば、これからのことをもう少し詳しく知っておきたかった。

だからタクシーが順調にスピードを上げ始めた頃を見計らい、思い切って話しかけた。

「あの、深山さん」

「…………はァ？」

名前を呼んだだけで壮絶に不機嫌な声で威嚇《いかく》されたうえに睨まれた。だけど、怯《ひる》んでいる場合ではない。

「どこに向かっているんですか？」

「街。ていうかミヤマさんて……おまえも戸籍上ミヤマさんだろうが」

そういうことになるが、実感なんてあるわけがない。

「じゃあ樹さん、て呼べばいいですか」

「呼び捨てでいい。ついでに、おれとおまえは今から兄弟って設定で行く。こっちも名前で呼ぶからいちいち驚くなよ。敬語も使うな」

突然作られた設定、さらに矢継《やつ》ぎ早《ばや》に繰り出される指示は、なんのためのものだろう。

「どうして？」

「説明は後だ、それより……」

もう一つ、重大なことに気づいたように眉を寄せて僕を見る。

「指輪を外せ」

言いながら自分も外し、フロントシートの陰で急かすように手を揺らす。

大人しく、左手の薬指から銀の環を引き抜いて渡した。彼はそれを素早くジーンズのポケットにしまい込み、何もなかったかのように再び窓の外を眺めた。

確かに、僕らが指輪をつけている必要はない。日本から遠く離れた場所にいるのだから、夫婦を装う必要すらない。

ここでわざわざその証明を外せと言うのだから、やはり彼も不本意に思っていたのだろう。それなら、どうして僕と結婚なんてしてしまったのか。

理由を訊きたかったが、樹はそれ以上、僕に話しかけられることを拒んでいるように見えた。

それで結局こちらも口を閉ざして、窓の外を眺める。

やはり、寂しい旅になりそうだと確信に近い予感を抱いたが、程なくして小高い山沿いに見たこともない光景が現れた時、湧き上がる高揚感が全身を満たした。

白い壁の家屋《かおく》が、なだらかな斜面に隙間なく建つ風景。

それがやけにきれいに見えて、同時に未知なる国に来たという明確な実感となって、僕を貫いた。


タクシーを降りると、そこは異国情緒溢れる街の片隅だった。

最初に感じたのは、日本とは違う乾燥した空気と、色々な物が入り交じった複雑な匂いだった。

例えるならば公園の砂場のような、それでいて香辛料や花のような香《かぐわ》しさ、かと思えば動物の息遣いみたいに生々しい何か。それはこの街が生み出す濃厚な気配のようなものかもしれない。僕はそれごと、初めて目にする異国の街並みを記憶に焼きつけようとした。

しかも、陽射しが違えば目に映るものの彩度も違うらしく、すべてが鮮やかに見えた。

しかし、街は空港同様、随分と整備された印象で、白壁のアパートや店の看板、ヤシに似た南国風の街路樹は、むしろ南ヨーロッパを彷彿《ほうふつ》とさせた。

もう少しアラビアンナイト寄りの風景を想像していたので意外だった。

すると背後から突然、「秋人」と呼ばれ、驚きを露に振り返ってしまった。

樹はそんな僕の反応に気分を害したのか、微かに眉を寄せる。

「名前で呼ぶって言っただろ、いちいち驚くな。あとぼーっとするな。しっかりついてこい」

そう言いながら僕のスーツケースを勝手に運び、迷いなく歩き出す。

横暴な言動は腹立たしいが、この状況下では旅慣れた人間がそばにいるのは心強くもあった。

なので大人しく後に続いたが、日本とは違う家の形や、行き交う人々に興味を引かれ、つい気が逸れてしまう。好奇心の赴《おもむ》くまま視線を向けているといつの間にか道を外れていたらしく、「おい」と引き留める声と共に、痛い程腕を掴まれた。

「そっちじゃない、ったく……！」

そして樹は、自分のバックパックのショルダーの端を、強引に握らせた。

「掴んでろ。迷子になられたら迷惑だ」

迷子だなんて、なるわけがないと思ったが、数分後、彼の忠告通りになりかねない状況に陥った。

人混みが一方向に向けて密度を増していく。程なくして道の奥に、時代に取り残されたような古びた石積の建造物が見えた。

城塞を思わせるそれはどうやら門のようで、U字形のアーチを描く出入り口を大勢の人が行き交っている。その流れに乗るようにして僕らも門を通り抜けた。

それはまるで「別世界への入り口」で、時間すらも飛び越えてしまいそうな迫力があった。

頭上を見上げながらアーチを抜けて目にした光景。

それは細い路地と人々がひしめく、未知の街の雑踏だった。

旧市街という名前で呼ばれるその場所は、一言で言うなら歴史ある巨大な迷路だ。

密集する家、どこへ続いているのかわからない階段、突如現れる横道は果てしなく続いているように見える。

狭い敷地に所狭しと商品を並べる露店があるかと思えば、しんと静まり返ったトンネルのような路地もある。

門を境にガラリと変わった街並みに、どうしようもなく好奇心をかき立てられた。

もっとこの場所を知りたくて、できることなら思うがまま足を進めてみたいと思った程だ。

バックパックの端を掴んでいろと言った樹の判断は正しかった。

そのおかげではぐれることなく、目的地にたどり着けたと言ってもいい。

彼が足を止めたのは、路地の奥にひっそりと佇む鮮やかなブルーの扉の前だった。普通の民家の入り口のようにも見えるが、扉の横に小さな銀色のプレートが掲げられている。

文字は見慣れないアルファベットの羅列《られつ》で、何を示しているのかはわからない。けれど樹の安堵した様子を見る限り、目的地はここで間違いないのだろう。

「誰かの家ですか？」

「敬語つかうなって言ったよな？」

改めて指摘されて口を噤むと、樹は厳しい視線で僕を振り返り、もう一度念を押した。

「いいな、大事なことだ。兄弟だからな」

タクシーの中での取り決めにとりあえず頷くと、樹は目の前の扉を押し開けた。

建物の中に足を踏み入れると、やはりそこは民家のように見えたが、エントランスにカウンターがあり、従業員らしき人物がいた。

涼しげな水色のシャツを身に纏った恰幅《かっぷく》のいい年配の男性は、僕らに気づくと作業していたノートパソコンから顔を上げ、流暢《りゅうちょう》な異国の言葉で挨拶をしてくれた。

日に焼けた肌と堂に入った振るまいから現地の人かと思ったが、よく見ると東洋人の顔立ちをしている。その人も樹を見て、おや、という具合に表情を緩めた。

「樹くんじゃないか！　どうしてここにいるの？」

「こんにちは田中《たなか》さん。お久しぶりです」

切り替わった言葉は淀みのない日本語で、途端に二人の間に砕けた空気が流れた。

「わー！　本当に久しぶりだねぇ。また旅を始めたの？」

「それが、スペインに行くつもりが、気づいたらモロッコに着いてしまって」

「きみ、相変わらず面白い旅をしてるねぇ」

樹は僕に対する時とは大違いの、打ち解けた笑顔を見せた。二人はかなり親しいようだ。

「それで突然なんですけど、今日って部屋空いてますか？」

「もちろん。二人？　きみは樹くんの友達かな？」

突然話を振られて頷きかけたが、入り口で念を押されたことを思い出す。

「兄弟、です」

「そうなんだ。初めまして田中です。ふたりはあんまり似てないね」

当たり前だけど改めて指摘され、どう返答しようか悩んでいると、樹が助け船を出してくれた。

「ええと。複雑な家庭の事情で、最近できた義理の兄弟、なんです」

「そっかぁ、それで二人で旅行？　仲がいいんだね。じゃあ閑散期だし……代金は二人で朝ご飯付き、２００ディルハムでどうかな」

「是非、お願いします」

「了解。一応パスポートの番号を控えさせてね、うちの決まりだから」

田中さんの言葉に、樹はTシャツの裾を捲り、その下の薄いボディーバックから、僕のを含めた二冊のパスポートを取り出した。防犯対策なのか、大事なものはそこに入れて持ち歩くことにしているようだ。

どうやら、ここは宿泊施設らしい。

知り合いが経営するホテルなら、馴染みのない土地でも安心だし、もし部屋が空いてなくても、つてを頼って別の宿を探せるだろう。

けれど……。僕は内装を見回し、古めかしい造りの建物に不安を抱いた。

格安旅行で使われる、ゲストハウスやドミトリーというタイプの宿が存在するのは知っていた。もしかしたらここはそういう場所かもしれない。

軟弱だと非難されるかもしれないが、宿泊場所は、パーソナルスペースが確保できて、ある程度清潔で、安心して眠れる場所がいいという希望があった。けれど、その意見は通らないかもしれない。

一日くらいなら耐えられる。明日からも続くとなると正直自信はない……。数日間の辛《しん》抱《ぼう》だと自分を鼓舞するしかないのだろうか。というか、この旅ってそもそも何泊の予定なんだろう。短ければいいのにと願わずにはいられない。

気が滅入《めい》りはじめていた時、視界の端に気になるものが見えた。

カウンターの左側に隣の部屋に通じる出入り口があるのだが、その向こうが妙に明るい。

随分と広い空間があるようだと見当をつけた時、その床に美しいタイル模様があることに気付いて足を向けた。

そして目の前に突然現れた空間に息を呑んだ。

そこは建物の中央をぽっかりと切り取ったような、明るい陽射しの差し込む中庭だった。頭上を見上げると吹き抜けの向こうには青空が見える。建物が中庭を取り囲むような構造になっているのか、二階と三階にはバルコニー風の通路に面したいくつもの青い扉が見えた。

庭の中央には、青いモザイクで縁取られた小さいながらも美しい池があり、池の四隅には緑の葉を繁らせた背の高い植木が、涼しげなカーテンを作っている。

そんな中庭の至るところには、一息つくためなのか、少さな絨毯の上に柔らかそうなクッションとローテーブルの置かれたスペースが設けられていた。

魅力的な空間に、思わず見惚《みほ》れてしまう。

「なかなかのものでしょう？　この中庭は、うちのリアドの自慢なんだ」

いつのまにか近くにいた田中さんが、驚く僕を見て嬉しそうに笑う。

「リアドって、なんですか？」

「この国の伝統的な住居を宿泊施設に改造した物のことだよ。ぼくは元々、日本で大工をやってたんだけど、初めて訪れたモロッコでリアドに出会ってね、感激して自分で作っちゃったんだ。ここはフリースペースだから食事の時以外にも自由に使っていいからね。飲み物もセルフサービスで置いてあるよ」

田中さんが持つのんびりした雰囲気と心遣いに、自然と肩の力が抜けた。

「田中さん、宿泊用紙書きました」

「ありがとう。これがカギだよ。部屋は八号室、一番上の角部屋だ」

示されたのは、ここから見える三階の右端の部屋らしい。

「夕食はどうする？　今日は料理人のユーゼフさんがいるから、モロッコ伝統料理がフルコースで食べられるよ」

「お願いします。一回出かけるけど、夕方には戻るので」

「了解、どうぞゆっくり寛《くつろ》いでね」

田中さんは笑顔で僕らを見送ると、そのまま元いたカウンターに戻っていった。

「……部屋に行くぞ」

素っ気ない言葉に黙って同意し、細い階段を上る。そして辿り着いた八号室のドアを開けると、部屋の中は想像していたものとは大きく違っていた。

そこは、きちんとしたツインルームだった。

伝統住居のはずなのに内装は真新しく、白い土壁を柔らかな照明が照らしている。床には独特の模様の青い絨毯、部屋の奥にはシングルサイズの柔らかそうなベッドが二つ、幸いなことに少し離れて並んでいる。

見るからに快適な部屋はタオルや備品も揃っており、驚くことに日本式のトイレにバスルームまで備えつけられていた。

「ベッド、どっちがいい」

二つを見比べて、奥の壁沿いのベッドを示すと樹は頷き、手前のベッドの上で荷物を手早く整理しはじめた。所在なく佇んでいると、彼は中身を軽くしたバックパックを背負い直す。

「少し出かけてくる。夕方までには戻る」

手短に言い、そのまま部屋を出て行こうとするので、思わず呼び止めた。

「あの、僕はどうしたら……」

樹は一瞬黙ったが、「とりあえず、ついてこなくていい」と言い残し、部屋を出て行ってしまった。

閉じた扉を眺めて立ちつくす。つまりは足手まといなのだろう。否定はできないけれど、もう少し説明があってもいいんじゃないだろうか。

溜め息と共に脱力し、「ああ……」と呻いてベッドに身体を投げ出した。

気づいたら結婚していて、脅されて新婚旅行に来てしまい、スペインに向かっていたのに、モロッコに辿り着いてしまった。

あまりにも異常なこと続きで、許容範囲などとっくに越えている。旅はまだ序盤なのにこんな状態だし、かといって見切りをつけて帰国したところで帰る家すらない。

行き詰まった状況に盛大に溜め息をついたが、どうにか気持ちを立て直さなければと目を閉じて、心臓の上辺りを指先でとん、とん、と静かに打った。

感情や思考が入り乱れた時、こうすると不思議と落ち着く。昔誰かに教えてもらった方法だった。

それに、幼い頃から習わされた居合や茶道のおかげで、気持ちを落ち着かせる方法については多少心得《こころえ》がある。

この状況を少しでも居心地良くするには、どうしたらいいだろう。

そんなことを考えていると、外から子供の笑い声が聞こえてきた。

ベッドから起き上がり木枠の窓を開けた。家屋が密集した街の構造上、目の前には近接した家の白い壁ばかりが見えるが、下をのぞき込むと、細く入り込んだ路地を地元の子供たちが駆けて行くのが見えた。

……少し、散策をしてみようか。

このままじっとしているのも癪で、スマホで情報収集に取りかかる。

それほど遠くまで行くつもりはないし、たとえ樹と入れ違いになっても、最終的にここに戻ってくればいい。

迷っても地図アプリがあると意気込んで、ショルダーバッグを肩にかけ部屋を出た。

フロントを通りかかった時、さきほどと同様にパソコンに向き合っていた田中さんが僕に気付いて声をかけてくれた。

「出かけるの？」

「はい、少し散策してみようかと」

「いいね。この街の旧市街はそこまで大きくないし歩きやすいから。でも、もし迷ったらできるだけ広い道に出ること。それから、迷子も楽しむこと。最悪これを誰かに見せれば連れてきてくれるだろう」

田中さんはこのホテルの名前や連絡先が書かれたカードをくれた。今更知ったが、この宿の名前は「リアドタナカ」というらしい。

「迷子も楽しめ」という不思議なアドバイスは、僕の背中を押してくれた。

扉を引いて外に出る。魅惑的な路地に一人佇みながら、左右に伸びる通路を見比べて、右を選んだのは単なる勘だった。けれど歩き出してすぐに、こちらを選んで正解だったと思いながら感嘆の息をつくことになった。

下半分が鮮やかな青や黄色に塗られた白壁が、非現実的な雰囲気を醸し出す路地。異国の生活感が溢れる通りを時折猫が悠々と横切ったかと思えば、羊を引き連れた住人とすれ違う。

一歩足を進めるごとに、目に飛び込んでくる光景すべてに魅せられていった。

ここには僕の知らない日常があって、その中に自分が存在していることが不思議で、楽しくて。

妙に人が増えてきたなと気付いた時には、路地の両側に店が連なっていた。

旧市街の中には、スークと呼ばれる市場があるのだが、知らずにそのエリアに足を踏み入れていたらしい。さきほどまでの心地のいい静謐《せいひつ》さはどこへやら、熱気ある賑わいが辺りを埋め尽くそうとしていた。

店の種類も様々で、雑貨店や食料品店、軒先にぎっしりとスパイスの並ぶ店。かと思えば、靴屋に鞄屋に帽子屋、そして衣料品店には、カラフルな布やドレスが豪快に飾られている。

何もかも色鮮やかできれいだった。しかし人混みで、何度も人とぶつかっているうちに、テンションが下がりはじめた。

そもそもこの散策には明確なゴールを設定していないのだから、いつ切り上げてもいいわけで。平穏を求めてリアドに戻ろうと思い立つのは早かった。

しかし。回れ右をして歩き出したところで、ようやく自分がどちらから来たのかわからないことに気付いた。

背筋に嫌な汗をかきながら、それでも足を動かし続けたのは、自分が迷子になったことを認めたくなかったからだ。しかし、一歩足を進める度に、迷宮の深みにはまっていくのがわかった。この街で遭難した人はいないのだろうか。

邦人旅行者が旧市街で行方不明、数日彷徨《さまよ》い生還、もしくは死体発見……そんなニュースの当事者になったらどうしよう。

縋る思いで起ち上げた地図アプリも、路地が細かすぎてＧＰＳが正確な位置を追えないのか、画面上の何もない場所を示し続けている。

もはや手段を選んでいる場合ではないと判断した僕は、素直に助けを求めることにした。見回すとすぐに、革製品を取り扱っている店の店主と目が合ったので、英語で、「すみません」と切りだす。

田中さんにもらったカードを見せながら「ここに行きたいんですが」と続けると、彼はカードを眺めて首を傾げ、背後にいた別の男に渡した。さらにその背後、さらにまた別の人の手へ。貰ったカードはどんどん僕から遠ざかっていく。

「ええと、それ、最終的には返してほしいんですけど……」

困惑し、手を伸ばすと、店先の男が「まあちょっと待てよ」とでも言うような素振りで商品の小銭入れを手渡してきた。

アラビア語はわからない。だけど、「そんなことより、安くしとくから買ってかない？」的なことを言われているのはなんとなく理解できた。

返答に困っていると、今度はおもむろに手を引っ張られた。見るといつの間にか集まっていた数人の子供たちが、通路の先を指差しながら僕を連れて行こうとする。

さらには隣の店の店主が、「お兄さん、こっちもおすすめだよ」と色鮮やかな布を広げて巻き付けてくるので「ちょっとタイム！」と思わず叫んだ。

「そうじゃなくて、リアドに帰りたいんです。リアドタナカ！」

日本語で強く訴えると一瞬静かになった。しかし、どっと戻ってきた喧騒はさらに勢いを増し、なぜか追加で帽子と籐《とう》のかごまで持たされるはめになった。

なんだこれは。モロッコ人って、押しが強いのか……。

この状況に耐え切れなくなった僕は、帽子や布やかごをそれぞれの店主に丁重に返し、子供たちを諭す振りをしながら、一瞬の隙をついて脱兎《だっと》のごとく逃げ出した。

手近な細い路地を曲がり、奥へと走る。しばらく進むと市場と距離が離れたのか、喧騒が聞こえない場所に辿り着いた。

ほっとしたのも束の間、辺りはそれまでの通路より狭く、妙に薄暗い。

もう少し広い道に戻った方がよさそうだと思い、再び歩き出した。

すると路地を曲がった先に、三人の男性が寄り集まっているのが見えた。彼らは煙草《たばこ》のようなものを吸いながら談笑している。道を聞いたら教えてくれるだろうかと、期待を抱いて近づいたのだが、彼らは僕に気付くと「君もどう？」と、煙草を勧める仕草をした。その煙から嗅いだことのない甘い匂いがしたのが気になり、曖昧《あいまい》に断りながら後ずさろうとした時、背後から強く肩を掴まれた。

「おい、どうしてこんなところにいる」

聞き覚えのある声、しかも日本語とくればそれが誰だかすぐにわかった。振り返ると案の定、樹がそこにいて、安堵に肩の力を抜いたのは言うまでもない。

樹は走ってきたのか息が上がっていて、険しい表情で僕の腕を引く。そのおかげで人通りのある路地に戻ることができたので、ほっと胸を撫で下ろした。

「どうしてここに？」

「こっちの台詞《せりふ》だ」

気の抜けた質問が癇《かん》に障ったのか、樹は足早に歩きながら声を低くして怒鳴った。

「どうして勝手に出歩いてるんだ、しかもあんな奥まで入り込んで……危ないだろ！」

「道に、迷って」

「物見遊山《ものみゆさん》でフラフラしてるからだろ。日本と同じ感覚でいると痛い目みるぞ」

厳しい忠告は確かに正しいかもしれない。だけどこちらの話を聞きもしないで、強引にねじ伏せようとする態度が気に食わない。

しかも腕を掴む力がどんどん強まる。痛みに堪え兼ねて、「あの、離してほしいんだけど」と訴えると、面倒くさそうに僕を見て、ようやく手を離してくれた。

樹はどうやら、僕に対してかなり不満に思う所があるらしい。

だからといってこんな扱いを受ける筋合いもない。不平を込めた目を向けると、樹は挑発的に笑った。

「言いたいことがあるなら言えよ。……どうせ『別に』で済ますんだろうけど」

その言動にどうしようもなく腹が立った。横暴な態度で話を聞こうともしなかったくせに。

旅の間中、こんな不快なやりとりが続くなら我慢できない。違約金でもなんでも支払って日本に帰るのも辞さないつもりで、僕は口を開いた。

「言ってほしかったら、まず人の話を聞く努力をしろ！　僕は聞こうとしないやつにわざわざ話をするつもりはない！」

気付けば自分でも驚く程の大声で、不満と怒りをぶちまけていた。

普段こんな風に声を荒げることは稀で、樹も驚いたのか大きく目を瞬いている。通りすがりの人々も僕の声に立ち止まるが正直どうでもよかった。それよりも樹には、この辺りではっきり言っておかなければならない。

「大体、君はすべてにおいて説明が足りない、旅慣れてるから、色々わかっていて当然かもしれないけど、僕にしてみれば何もかも未知の世界だ。それなりに不安で聞きたいことだってある。なのに面倒くさそうにされてばかりじゃ聞く気も失せるだろ！　面倒だろうけど、できれば少しは譲歩してほしい、僕もできるだけ足を引っ張らないように努力はするつもりだ」

僕の意見に、彼は少々怯んだ様子でぎこちなく頷いた。

「それから、きみが僕を快く思ってないのはわかる。僕も同じだ。でも、こんな状況なんだから、少しは歩み寄る努力をしよう。それもイヤだと言うなら僕は今すぐ日本に帰るけど、どうする？」

真正面から言いたいことをぶつけると、樹はやけに神妙な表情で呟く。

「おれがいつ快く思ってないって言った」

あの態度で？　と浮かんだ疑問は、口に出すと余計にこじれそうなので飲み込んだ。

「……それは、その……ごめん」

なんとか言葉を絞り出すが、それ以上続かない。所在なく目を伏せていると樹も沈黙を持て余したのか、またもやあのサングラスを取り出し、目元を覆ってしまう。

「別にいいけど……ついでだ、他に不満は？」

勢いで失礼なことを言った手前、これ以上追い詰めるのも気が咎《とが》めたが、もうひとつだけ、できれば改善してほしいことがあった。

「……目も合わせたくないっていう意思表示じゃないなら、話す時、サングラスは外してほしい。苦手なんだ」

樹は驚いたように動きを止め、「これは、そういうんじゃなくて……」と言いながらサングラスを外し、「わかった」と真面目《まじめ》な表情で頷いてくれた。

ぶつけた不満を、すんなりと受け入れてくれたことを意外に思ったが、気詰まりな空気が少しだけ緩んだ気がした。

ほっとしたのもつかのま、いつしかたくさんの人が集まっていて、言い争いが収まったことを喜んでいるのか、労《ねぎら》うような笑顔で僕たちの肩や背中をバシバシと叩く。

「……これは一体」

「とりあえず離れよう、こっちだ」

樹は周囲の人々に通してくれるように言葉をかけながら、今度は痛くない程度に僕の腕を引くと、足早に歩き出した。


喧騒を離れ、テトゥアンの細い路地をリアドに向けて歩いている時だった。

「秋人」と呼ばれて顔を上げると、樹は気まずさを振り切るように、「あの文字が見えるか」と民家の壁の、上の方を示した。

そこには、スプレーで殴り書きされた文字があった。

「旧市街を歩くにはコツがあって、覚えると随分歩きやすくなるんだ」

そのコツというのが、一見落書きにしか見えない文字だというので、わけがわからず眉を寄せた。

「文字の横に矢印があるだろう、あれが案内板の代わりで、その方向に行けば広場がある。メインの通りもそっちにあるから、迷ったらまず案内を見つけるといい」

注意してみると、確かに至る所に指示がある。けれど、どう見ても公式な表記とは思えないくらい雑だ。

「随分、落書きが多い街だなと思ってた」

本音を零すと樹は、「おれも最初、同じこと考えた」と、肩の力を抜いて、初めて会った時みたいに柔らかく笑った。

それからは道すがら、ぽつりぽつりと旅の知識を教えてくれた。

張りつめていたものを少しずつ解きほぐそうとしているのがわかり、僕もそれに少しずつ相槌《あいづち》を返すことからはじめた。

出発地点の「リアドタナカ」に到着した時には、既に空は茜《あかね》色に染まりはじめていた。

そのまま部屋に戻るのかと思ったら、「下で話そう。今後のこととか」と、中庭のフリースペースを示すので、その提案に乗った。

「適当に座ってくれ。飲み物は……せっかくだし、ミントティーでいいか?」

意外なメニューに同意すると、彼は中庭に設置されたセルフサービスのテーブルで、茶器を準備してくれた。

ティーポットと、銀の装飾の入ったきれいなグラス。見慣れない様式のそれらを不思議に思っていると、解説をしてくれた。

「これは、モロッコではかなりメジャーなお茶だ」

僕の隣に座りテーブルの上に一式を置くと、手にしていた箱状の物体の薄紙を剥《は》がしはじめた。中から現れた大きな石鹸《せっけん》くらいはある白い塊《かたまり》を、豪快にポットの中に放り込む。

「それ、何？」

「砂糖」

どう見ても入れ過ぎだと息を呑むと、僕の反応がおかしかったのか、樹は少し表情を和《やわ》らげた。

「安心しろ、こういう飲み物だから。前にここに来た時、田中さんに教わった」

そして手際よくグラスの一つにお茶を注いだかと思うと、再びポットに戻す。その手順を繰り返すのは、温度を下げるためと、溶かした砂糖を均等に混ぜるためらしい。

そしてでき上がった温かいお茶をグラスに注ぎ、僕に差し出す。

あれほど大量の砂糖が入ったお茶、しかもミントと名前がつくのだから、味は期待しないつもりだった。しかし恐る恐る口をつけてみると、それは意外にも舌に馴染んだ。

甘味と控えめな清涼感が心地よく、喉の奥にするりと落ちていく。

「美味《おい》しい……！」

驚きながら素直な感想を述べると樹も頷き、あっという間に飲み干す。

「美味いよな。朝、昼、晩、モロッコ人はこればっかり飲んでるらしい」

確かにこれは、乾いた気候にぴったりの飲み物かもしれない。迷路のような路地を歩き回って疲れた身体に、程よく甘いミントティーが染み渡った。

そして互いに一息ついた頃合いを見計らって、樹は重い口を開いた。

「さっきの話だけど」

ばつが悪そうな様子にこちらも少し身構える。往来で強めの自己主張をしたことを思い出して、気恥ずかしさに目を伏せたが、樹は意外にも潔く頭を下げた。

「不安にさせて、悪かった」

驚くと同時に、なんだか申し訳ない気分になり、首を横に振る。

「こっちこそ、いきなり言いたい放題で……ごめん……」

「いや、言ってくれた方が助かる。秋人が何を考えてるか知りたいし、話も聞く。できれば遠慮しないで、なんでも言ってほしい」

そんな要求をされて初めて、僕が彼のことを理解できずに悩んでいたように、彼も僕が何を考えているかなんてわかるわけがないと気付いた。

「あの……じゃあ、早速質問があるんだけど、いいかな」

「ああ」

促してもらえたことで、気持ちの切り替えに弾みがついた。

「まず、この旅の予定が知りたい。宿泊数とか、それに本当はスペインに行くはずだったんだよね？」

樹は頷くと、バックパックの中から購入したばかりと思われる地図を取り出し、絨毯の上に広げた。続けて取り出したペンを構えると説明を始める。

「まず、モロッコってのは、スペインのすぐ下、狭い海峡を挟んだ場所にある。おれたちが最初に向かうはずだったのはここ、そして今いるのがここだ」

地図の示された場所を見ると驚く程近い。海を挟んだ別の大陸ではあるものの、指でほんの一つまみ分の距離しか離れていない。

「ジブラルタルって、こんなに近い場所にあったのか」

「だから一日ロスしたとしても、明日にはスペインに渡れるはずだ。そこからバスに乗れば、ほぼ当初の予定に戻れる。おれ自身、数年前に旅行したことのあるルートだし、多分問題ないはずだ」

聞けば、現在地から北に約四十キロの場所にある港からフェリーに乗れば、スペインに上陸できるらしい。

「フェリーの乗船時間は？」

「一時間くらいだな」

それは本当に思った以上に近いと安堵した。

「旅行行程は七泊八日、最終到達地点はバルセロナだ。元々、南端から各都市を回って、北上するルートを取るつもりでいた」

日程とスケジュールを地図と照らし合わせた丁寧な説明によると、この旅はスペインを広く巡る一大旅行になるらしい。

移動距離の壮大さに不安を顔に出すと、樹はさらに補足を加えた。

「移動時間は抑えて計画してあるし、疲れたら遠慮しないで言ってくれ。ホテルは部分的に押さえてるけど、移動しながら決めるつもりでいた。秋人の希望もまだ聞いてなかったし」

一応考慮してくれていたことを意外に思った。

「どうしてもこれだけは譲れないとか、そういうのある?」

どんな場所でも乗り切る覚悟を持つべきかもしれないが、せっかくなので正直な要望を伝える。

「ゲストハウスみたいに大勢の知らない人と同室なのは、殆どその、経験がなくて。できれば普通のホテルがいいんだけど……」

樹はそれに納得したように頷く。

「それなら大丈夫。元々防犯の面も考えて、ある程度きちんとした所に泊まるつもりだった。例えば、ここはどうだ?」

「すごくいいホテルだと思う」

「じゃあ、この宿を基準として考えていいか？」

頷くと、彼はあっさりと僕の要望を受け入れた。

「話を聞く」と約束した通り、樹は些細な質問にも惜しまず説明をしてくれるようになった。

もしかしたら、思っていた程傍若無人《ぼうじゃくぶじん》な人ではないのかもしれない。

「……それにしても、あの街の中でよく会えたね」

入り組んだ路地で、偶然にしてもそれはすごい確率で、幸運だったに違いない。

「騒ぎに目を向けたら偶然見つけただけだ。すぐ追えたからよかったけど、奥の路地は複雑だし、ハシシュの店もある」

「ハシュ、しゅ？　ハシュ、え？　何？」

聞きなれない言葉に悪戦苦闘していると、樹は険しい表情でサングラスを取り出し、一瞬かけようとしたがやめて、両手で軋《きし》む程握り込んだ。そして「五歳児かよ……！　もう一回言ってみろ」とやけに熱心に促すので怖くなった。

「つまり、大麻《たいま》カフェのことだね」

通りかかった田中さんがさり気なく教えてくれたが、飛び出した言葉に驚いて聞き返した。

「今、大麻、って言いました？」

「うん。当然表向きは禁止されているけど、モロッコはハシシュの生産が世界一だし、定着しちゃってるんだよね。彼らにしてみれば、お酒を飲むよりそっちのほうが問題ないわけだし」

「お酒……もしかして、宗教上の戒律絡みの話ですか？」

「そう。モロッコはイスラムの国だから」

だとすれば、さっき街角で遭遇した甘い香りの煙草の正体は、ハシシュだったのかもしれない。

「とはいえ、すごく危険ってわけでもないよ。ただし危ないな、怪しいな〜と思ったら距離をとること。これはこの国だけの話じゃなくて、旅の基本だね」

確かに、田中さんのアドバイスは基本中の基本に違いない。

「もしかしてアキトくん、旅は初めて？」

言い当てられて、隠しても仕方がないので頷く。

「実は、国内ですら殆ど経験がなくて……」

「じゃあ見るものすべてが面白いんじゃない？　それに、樹くんがいれば心強いでしょう？　バックパッカーの先輩だもの」

目を向けると樹は、「まぁ、面倒は見るつもりなんで」と、素っ気なく呟く。

「照れちゃって。ところで食事だけど、もう準備できるよ。食べる？」

訊かれて初めて、自分の空腹加減に気付いた。そう言えば昨日から殆ど何も食べてない。

「お願いします」

田中さんは了解、と頷き、奥の厨房《ちゅうぼう》と思われる場所に向かう。その姿が見えなくなったところで、声を小さくして樹に尋ねた。

「バックパッカーの経験があるんだ？」

「ああ。大学の時、休みを使って旅行してた」

慣れている様子や荷物の少なさから予想はついていたが、聞けば相当な国を一人で歩いて回ったという。

「だから案内は任せてくれていい」

控えめに呟く優しい言葉は、僕の根底にある不安を和らげてくれた。

それから程なくして、田中さんがトレイの上にたくさんの料理を載せて戻ってきた。

「メニューは、モロッカンサラダ、ハリーラスープに、モロッコと言えば定番のタジン鍋、あとブロシェットっていう肉の串焼きだよ～」

目の前に並ぶ料理は、匂いからして食欲をかき立てた。

空腹が限界まで達していたので、配膳が終わると同時に湯気をたてているスープの器に手を伸ばした。スプーンで口に運ぶと、想像以上の美味しさに手が止まらなくなる。

とろとろに煮込まれたトマト味のスープは、複雑な旨味のスパイスが効いていてクセになりそうな味だったし、次に食べたモロッカンサラダも、微かに酸味のある味で、幾らでも食べられそうな程美味しかった。

そして名前だけは聞いたことのあるタジン鍋は、野菜や肉をスパイスと一緒に蒸し上げた食べごたえのある品で、肉の串焼きは空腹には堪らないジューシーさだった。

僕は夢中で目の前に並んだ熱々の料理を食べた。

普段からわりと大ぐらいだが、おかわりしたスープを一滴残らず飲み干したところで至福のため息が零れてしまう。

ふと視線を感じて顔を上げると、樹が嬉しそうにこちらを眺めている。

「何？」

「いや……すごく美味そうに食うなと思って」

そして安心したように目元を緩めるので、どう返していいかわからなくなった。

その後田中さんは、フェッカというラスクのようなお菓子とミントティーを持参して僕らに加わり、三人で色々な話をした。

その中で、テトゥアンの新市街が妙にヨーロッパ風なのは、かつてこの地がスペインに占領された名残だと知った。さらに、他の都市にも旧市街はあるけれど、特にフェズという街のそれはここより広くて迷いやすく、押し売りが激しいと聞いて戦慄《わなな》いた。

田中さんはモロッコの都市をいくつも巡り、その中でも素朴《そぼく》さが残るこの街の雰囲気に惚れ込み、奥さんを説得して移住したのだという。

「ちなみに奥さんは昨日からマラケシュにいるんだ。写真が趣味でね、丁度お祭りがあるからそれを撮影しに行ってて、紹介できないのが残念だよ。もしよければ、またいつでもおいで。次は西サハラでラクダに乗るのも楽しいよ」

正直、昼間のスークでモロッコ人に囲まれた時、面倒な国だと思った。でも、このリアドと、田中さんと、モロッコ料理は好きになった。

「いつか」という約束は、叶わないことのほうが多い。でもこの場所でいつかまた三人で、ミントティーが飲めたらいいなと強く思った。

楽しい時間は過ぎるのが早く、いつのまにか夜になっていた。とはいえ気力が充実している人なら、まだ観光に繰り出す時間帯だろう。

僕の場合はそこまでの元気はなく、部屋に戻る頃には疲れていたし、早々にシャワーを浴びると、途端に睡魔が襲ってきた。

楽な格好に着替えてぼんやりとベッドに座っていると、樹は「もう寝たほうがいい」と勧めてくれた。

「でも、まだ寝るには早い時間だし……」

「慣れない環境で疲れたら素直に横になるべきだ。おれに気を遣わなくていいから寝ろ。夜中に水が飲みたくなったらこれを飲むこと。水道水は絶対に直接飲まないこと、他に困ったことがあったら遠慮なく起こせ」

いつのまにかテーブルの上にミネラルウォーターのペットボトルが二本並んでいた。樹が部屋についてすぐに出かけたのは、これや地図を調達しに行ったのかもしれないとようやく気づく。

「……あの。ありがとう」

あれほど険悪な雰囲気の中でも僕を気遣ってくれていたらしい。感謝を伝えると、樹は背を向けたまま素っ気なく片手で応じ、シャワールームに消えた。

それを見送りベッドに横になると、意識を手放すのにそう時間はかからなかった。

目が覚めた時、自分がどこにいるのか一瞬わからなかった。起き上がり周囲を見回していると、「起きたか」と、誰かに声をかけられて身構える。

早朝に同じ空間に誰かがいるという非日常に焦りつつ、自分がいる場所を次第に思い出した。

「眠れたか?」

声のした方を向くと、洗面所から出てくる樹の姿が見えた。

「ハイ……ええと、今何時？」

「十時ちょっと前。準備できたら飯行くぞ」

昨日あれだけ食べたのに見事に空腹だった。頷き、急いでベッドを降りてスーツケースを開ける。

日本から持参した荷物の中身は、殆どが服だった。ガイドブックの忠告に従った結果こうなってしまったわけだが、余計なものばかり持ってきた感が否めない。

とはいえ、着るものに困らずに済むと前向きに考え、夏素材のボトムと、半袖のシャツを引っ張り出す。

樹はすでに身支度を終えていて、ジーンズにシンプルな黒いTシャツ姿でベッドに座ると、真剣な表情でスマホと地図を見比べはじめた。

「もしかして、かなり前から起きてた？」

寝巻き代わりに着ていたTシャツを脱ぎながら声をかけると、「いや、そうでも……」と顔を上げた樹が僕を凝視したままスマートフォンを床に落とした。

その様子に不安になり、落としたことを伝えようか迷っていると、「……おまえは白魚《しらうお》の妖精か……？」と妙なことを呟く。

意味を計りかねていると、樹は我に返ったように咳払いをし、地図を大きく顔の前に広げた。

「早く着替えろ。下で飯食いながら、今日の行程について説明する」

低くなる声のトーンを不審に思いつつ、頷いた。

身支度を手早く終わらせて、二人で中庭のフリースペースに行くと、セルフサービス形式の朝食が準備されていた。

品数は多くないものの、昨夜も食べたハリーラスープと、珍しいパンを数種類、それにヨーグルトを好きなだけ食べていいのが嬉しかった。

互いに皿をきれいに空にした頃合いで、「それで、今日の予定だけど」と樹が地図を広げ、僕はそれをのぞき込む。

「まず、セウタ港までバスで向かう。セウタはスペイン領だから、国境を越えてからフェリーで海を渡る。その後はバスで移動して、今日の目的地はここだ」

樹が長い指先で示した場所の地名を読み上げる。

「マラガ？」

「リゾート地で都会だし見どころもある。準備が出来次第出発しよう、うまくバスに乗ればセウタまで一時間も掛からないはずだ」

確かにその後も移動が控えているなら、出発も早い方がいい。

同意したその時、田中さんが慌てた様子で駆け寄ってきた。

「二人とも、悪いニュースだ。午後からフェリーが運休だって。天候が荒れて、風が強まる予報が出てるみたいだよ」

予想外の内容に僕たちは顔を見合わせた。午後から、というのが正午以降を示すのなら、猶予《ゆうよ》は約一時間。最短の時間で移動できたとしても、フェリーに間に合うかどうかは賭けみたいなものだった。

「まぁ最悪、今日がダメなら明日でも……」

樹は代替案《だいたいあん》を考えはじめたが、田中さんは大きく首を横に振る。

「明日も天候の回復は見込めないって。それに明日はもっとまずいよ。僕の奥さんが写真を撮りにマラケシュにいるって言っただろう？　明日からモロッコは羊祭りなんだよ！」

「なんだって」

青ざめる二人を僕は交互に見比べた。

羊祭りとは一体なんだろう？

脳内に樹と田中さんが羊を追いかけるファンシーな図を思い浮かべたが、多分違う。となると真相がわからない。

しかし、二人は即座に計画を練り上げたらしい。

「車を出すよ、飛ばして三十分でフェリーターミナルに着いてみせる！」

「助かります！　秋人、すぐに出るぞ」

そう言うなり階段を駆け上がる樹の後を、慌てて追いかけた。

荷物は幸い殆ど広げていなかったので、あっという間にまとめ終わると、樹がバックパックを背負い「行くぞ」と再び駆け出す。

嵐のような慌ただしさでリアドを飛び出すと、待ちかまえていた田中さんが僕たちを誘導した。

「車は旧市街の外なんだ。近道するからついてきてね」と宣言し、意外な俊敏さで細い路地を走りはじめる。

樹もそれに続き、僕はスーツケースを抱えて必死に二人を追いかけた。

田中さんはさすがにこの街を熟知しているだけあって、人通りの少ない路地を最短距離で駆けていく。

五分もしないうちに迷路のような街を抜け出すと、開けた新市街の街外れに辿り着いた。

田中さんは「車取ってくるから、そこで待機しててねー！」と叫びながら目の前の空き地に走り、間もなく一台のジープが僕らの前に横付けされた。

「乗って！」と促されて後部座席に飛び乗ると、車は舗装《ほそう》された道路を爆走しはじめた。

「シートベルトしてね。飛ばすから」

穏やかな口調は変わらないのに、スピードはどんどん凶悪になっていく。規定の速度って何キロだろうと恐怖に駆られながら、震える手でシートベルトだけはしっかり締めた。

それにしても、不思議な祭りの実体がよくわからない。

「あのさ、羊祭りって何？」

車の窓は故障しているのか少しだけ開いていて、どうがんばっても閉まらない。なので風の音に負けないように声を大きく張り上げなければならなかった。樹もそれに倣《なら》い声を上げる。

「正式名称は犠牲祭、つまり、モロッコの正月みたいなもんだ」

「羊となんの関係が？　追うのか？」

「食うんだ。まるっと一頭焼いて、家族と親戚一同で、食って食って食いまくる。家の前や道の端で解体するから道路は渋滞するし、実家に帰る人で混雑するし、店も仕事も休みでバスも動かない。それが三日くらい続くから、移動したくても予定通りいくかどうか……」

なるほど、それは移動したい人間にとって少々やっかいなイベントだ。田中さんは車を爆走させながら、僕らの会話に楽しげに加わる。

「犠牲祭の間は、街中どこに行っても羊の丸焼きだらけさ。ぼくはラム肉、あんまり好きじゃないから、関係ないんだけどね～」

異文化、という言葉を強く認識したが、ならば余計に急いでスペインに渡ってしまいたくなった。

正直に言うと、旧市街の人混みはもうこりごりだし、モロッコ人は人懐っこくて親切だが、勢いのありすぎる客引きを思い出すとここで何日も足止めはされたくない。

となると田中さんだけが頼みの綱だ。

「いや〜こういうの久しぶりだなぁ、昔を思い出すよ」

なんて言っているので、もしかしたら昔はやんちゃな人だったのかもしれない。

凶悪な運転に後部座席でぐったりしてしまったが、おかげで想定よりも早く国境に辿り着くことができた。

「もうすぐ国境ゲートだから、パスポートの準備しておいてね」

その声に樹は、身体に巻き付けたバッグの中から僕たちのパスポートを取り出した。

そして車を高速道路の料金所のようなゲートに横付けすると、中にいた国境警備員の男に向けて田中さんは早口で何かを訴えかける。

スペイン語がメインだったので少ししか理解できなかったが、どうやら僕たちが日本人であることや、とても急いでいることを訴えているらしい。

すると国境警備員の男性は、無表情で僕らのパスポートを掴み取り、確認もそこそこにスタンプを捺《お》し、勢いよく投げ返した。

田中さんが「どうも〜！」と笑顔で応じ、再び車は速度を上げるが、あまりのずさんな対応に僕は衝撃を受けた。

「雑すぎる……！」

「もっと適当な国境もある。それより、預かるからよこせ」

もっと適当ってどんなだろうと想像しながら、スタンプを捺されたばかりのパスポートを眺めた。勝手に作られたとはいえ、海外旅行の象徴みたいなそれは、できれば自分の手で持っていたい。

「大丈夫、自分で持つよ」と断り、ショルダーバッグの奥にしまい込んだ。

フェリーターミナルに辿り着いた時、時刻は十一時四十分を示していた。

「間に合う……！　田中さん本当にありがとう、今度絶対にお礼するんで！」

樹が感謝を述べると、田中さんは日に焼けた笑顔で送り出してくれた。

「ぼくも楽しかったよ。また来てね、いつでも大歓迎だから。いい旅を！」

背中を押してくれたその人に感謝を込めて、僕は深く頭を下げた。

とはいえ出港の時間は刻一刻《こくいっこく》と迫っている。樹の調べによると、午前の最終便が出るまで、あと十分しかない。

別れの挨拶もそこそこに、急いでフェリーターミナルに駆け込み、最も手近で空いていたチケットカウンターに向かうと、樹は叫ぶように要求を伝えた。

「十一時五十分のチケット二枚！」

時刻表を見るとやはり、今日の運行はそれを最後にすべて休止すると表示されていた。

だけど、このチケットさえ購入できれば問題なく旅立てる。期待を込めて見守っていると、対応してくれた年配の男性は、どういうわけか疑いの眼差しを僕らに向けた。

「君たちはスペインに何をしに行くつもりだね」

流暢な英語の質問に、僕は咄嗟に返答する。

「観光です、スペインを旅行する予定で……」

それ以外の理由なんて持ち合わせていないのに、男は疑いの眼差しをさらに強めた。

「最近多いんだけど、君たち本当は働きに行くつもりじゃないだろうな？　観光って具体的にどこへ？　グラナダ？　それともトレドか？」

この人は僕たちを不法労働者だと疑っているのだろうか。それが本気の疑惑か、それとも単なる嫌がらせなのかは判断がつかない。

けれど、急いでいる時に面倒な相手に当たってしまったのは間違いなかった。

ここで問答を続けるより、他の窓口に並び直すべきかと迷ったものの、どこもそれなりに客が列を成していて、そんな余裕はない。

焦りながら、目の前の男の疑いを晴らす良い方法はないかと考えていると、何を思ったのか、樹が突然僕の肩を強引に抱き寄せて、カウンターの男に訴えた。

「よく聞け。おれたちがスペインに行くのは、ハネムーンのためだ！」

突然の宣言に驚いて二度見する。なんで今そんなことを言う必要が？　と目を剥《む》いたが、男は明らかに興味深そうな表情を浮かべた。

「ハネムーンだって？」

その質問に樹は好機を見出したのか、大きく頷いた。

「そうなんだ。おれたちつい先日結婚したばかりで……秋人！」

呼ばれて向き直ると、樹は「目を閉じて歯を食いしばれ」と、日本語で命じた。

殴られるのかな……と面食らいながら、その目に宿る揺るぎない意志に賭けることにした。単に他に名案を思いつかなかっただけだが、とにかく覚悟を決めて言われた通りに目を閉じた。

できることなら加減してほしいと願っていると、樹の両手が僕の頬をがしりと掴む。そして次の瞬間、唇に柔らかいものが押し付けられた。

なんだこれ？　と目を開けて、驚きのあまり叫ぶ。

「んん――――？」

ものすごく至近距離に樹の顔があった。

なぜかキスをされている。その状況に狼狽《うろた》え抵抗するが、樹の力は思いのほか強く、胸や腹を押し返してもびくともしない…………というか腹筋が強い。何かの間違いじゃないかと手探りで確かめて、よけいに思い知った見事な筋肉に混乱した。

もがきながら過ぎ去った約十秒。長いキスは唐突に終わり、樹は再びチケットカウンターの男に向き直る。

「というわけで、おれたちのハネムーンのためには、今すぐあんたにスペイン行きのチケットを用意してもらう必要がある！」

いつのまにか辺りは静まり返っていた。恐る恐る見回すと、周囲にいた旅行客らが、固《かた》唾《ず》を呑んで僕らを見守っている。

そんな中、カウンターの男は神妙な表情でゆっくりと溜め息をつくと、にやりと笑う。

「やれやれ。オレンジの片割れたちの旅を、邪魔するわけにはいかないな……！」

なぜか得意気に妙な言葉を呟くと、それまでからは想像できない程のキレのある動きでチケットを準備し、樹の手に押し付けて立ち上がる。

「走れ！　出港まで時間がない、幸せになるんだぞ！」

先程とは打って変わって調子のいい言葉を叫びながら、男は僕らにフェリー乗り場に急ぐように命じた。

樹はそれに適当に応じたが、僕はあまりの不条理に腹が立って仕方がなかった。最初から素直にチケットを売ってくれればよかったのに。文句を言いたい衝動に駆られたものの、樹は問答無用で僕の腕を引く。

「いいから来い、時間がない」

時計を見ると出港まであとほんの数分しかなく、一瞬の葛藤《かっとう》の後、乗船口を目指して駆

け出した。

船の搭乗橋に辿り着いた時には本当にギリギリで、係員が「急いで！」と急かしていた。スーツケースを二人で抱え、呼吸も荒くどうにか船内に滑り込む。その途端、出港の汽笛が響いた。

どちらからともなく脱力し、その場に座り込む。

顔を見合わせると樹は随分と呆けた顔をしていた。おそらく僕も似たような顔をしていたのだろう。互いに意味もなく笑いが込み上げてきた。

次第にその波が膨れ上がり、僕たちは急いで船の後方に移動し、少しくらいなら騒いでも咎められないだろうデッキの上で、気持ちの良い風を受けながら、ひとしきり声を上げて笑い合った。

「さっきのあれ、何？」

あの状況をキスで押し切るなんて無茶苦茶すぎる。樹も今更恥ずかしくなったのか、赤い顔で狼狽えている。

「咄嗟に、ああする以外思いつかなくて……悪い」

その返答にさらに笑いが込み上げて、たまらず身体を折り曲げると、樹もつられたように笑顔になった。

船は勢いをつけて大海原を進み始める。予期せず到着したアフリカ大陸がゆっくりと遠ざかっていく。

　スペインに渡る船旅は、思いのほか快適だった。

　設備が整った真新しい船内は、座席の殆どが座り心地の良いリクライニングシートになっており、乗船客の誰もがリラックスした様子で過ごしていた。

　僕らものんびり過ごす中、樹は当初飛行機で向かうはずだったジブラルタルが、これから到着する港と入り江を挟んだ反対側にあることや、その街の空港が世界屈指の離着陸の難所であることを教えてくれた。

「街のシンボルになってる大岩が気流を乱して、着陸の妨げになるらしい。実は前にも一度、行こうとして他の空港に着陸したことがある」

「だったら、今回こそ寄りたい場所だったんじゃ……？」

「あの街をスタート地点に設定してただけで、どちらかというと、近くの村をいくつか経由するのが目的だったんだ。でも今回はショートカットする」

　地図を広げて、これからの道筋について話し合っているうちに、船上での一時間はあっという間に過ぎ去った。

　船を降りると目に飛び込んできた街並みは、「ヨーロッパだなぁ」という景観に変わっていた。建物の形や標識などが欧州のそれで、考えがそのまま口をついて出ていたのか、樹は僕の語彙《ごい》の足りない感想に笑いを噛みしめていた。

「急ぎすぎて気づかなかったかもしれないけど、セウタも随分スペイン寄りの街並だったんだぞ」

「それは残念。文化の境目を見逃した……」

この街から二時間半程バスに乗り、マラガという街に向かうのが今日の予定だった。あまり馴染みのない名前だが、ガイドブックにも人気のリゾート地と紹介されている。

バスターミナルまでは歩ける距離だというので、街並みを眺めながら向かうことにした。その途中樹が、「昼飯だけど、何かテイクアウトして、バスの中で食うほうがいいかもしれない」と、通りかかったカフェを示した。見ると店内のショーケースには、たくさんのサンドイッチが並んでいる。

忙しない移動のせいで既に空腹を感じ始めていたし、時間的にも丁度いい。同意すると樹は、「少し待ってて」と言い残し、カフェに入っていった。

ふいに一人きりになり、見知らぬ街を興味深く見回す。観光客はみんな同じだろうけど、僕も浮かれていた。

ましてやスペインは憧れの国で、自分がそこにいることがまだ信じられない。これからの行程を思い描くと自然と期待が高まる。

吹きつける風も太陽の匂いを含んでいて、とても良い気分だった。

ふと目を向けた海の向こうに、巨大な山のような影を見つけた。おそらくあれが対岸のジブラルタルの大岩だろう。

せっかくだから写真に収めて、時々更新しているSNSにアップしてみようか。思い立った僕はスーツケースから手を離し、スマートフォンを構えて、のん気にシャッターを切った。

その時、道を歩いてきた二人組の若い男が、僕に近づいてきた。不審に思った次の瞬間、片方の男が僕のスーツケースを奪い、脱兎の如く駆けて行く。

「……え？」

突然の出来事に反応できずにいると、今度は背後からバッグを強く引っ張られた。

これって、ひったくりでは……？　ようやく気付いたが、ショルダー部分をばっさりと断ち切られたのか、ふいに肩から重さが消失した。そこまでするかとあっけにとられているうちに、もう一人の男も僕のバッグを手に、すごい早さで走り去っていく。あまりの手際の良い犯行にしばらく立ちつくしていたが、我に返り、犯人を追いかけるために足を踏み出した。

その時背後から、「秋人、よせ！　危ないから追うな」と強く制止する声が聞こえた。

結局逃げ出した犯人たちは近くに停めてあった一台のバンに飛び乗ると、猛スピードで視界から消えて行った。

　時間で言うならほんの一分にも満たない犯行は衝撃的で、実感が湧かない。だけど背中に嫌な汗が伝いはじめてようやく、恐ろしいことに気付く。

　バッグの中には財布とパスポートが入っていた。それを盗られたということは、僕はこのまま日本に帰れないんじゃないだろうか……？

「おい秋人、大丈夫か、怪我《けが》は！」

　肩を強く揺さぶられ、我に返る。痛みはないから怪我はしていないはずで、曖昧に頷いてみせた。しかし樹は、「本当か？」と表情を強張らせたまま、僕の背中や腕に触れて傷や痛みがないかを丁寧に確認した。

「平気だな、よかった……」

　安堵したように深く息を吐いたが、次の瞬間、険しい顔で詰め寄ってくる。

「いいか、ああいう時は追いかけると危ない。逆上した相手に攻撃されたらどうする、荷物なんかくれてやれ」

「でも、バッグの中にパスポートが入ってる、それに財布も、追いかけないと……！」

　しかし樹は困ったように後ろ頭を掻く。

「土地勘もないし、探す足もない。追いかけるって言ってもな……それより、財布の中にクレジットカードとか、キャッシュカードは？」

質問されて初めて「入っていた」と思い至り、さらに青ざめる。不正使用されたらどうしよう……。眩暈に襲われた僕を、樹は「落ちつけ」と宥める。

「捕まえるのは無理だとしても、被害を少なくすることはできる」

力強い言葉に、微かに希望を取り戻す。

「どうすればいい？」

藁《わら》にも縋る気持ちで樹を見上げると、迷いなく連れて行かれたのは、この街の警察署だった。


対応してくれた警察官が親身になってくれたこともあり、盗難に遭ってからそれほど間を置かずに手続きに取りかかることができた。

実は、パスポートを紛失しても、きちんと対応さえすれば、それほど大事にならずに済むのだという。

必要書類に記入し、引き換えに貰える紛失証明書を大使館か領事館に持参すればパスポート代わりの渡航書が発給される。その際、戸籍謄本や写真などが必要らしいのだが、それは樹が手配してくれるとのことだった。

最悪、帰国できないことを想定していたので、あまりの簡潔さに驚いた。

貰った証明書を手に警察署を出ると、丁度通話を終えたばかりの樹が「終わったか？」と声をかけてくれた。頷いて証明書を手渡すと、内容を確認し、自分の身体に巻き付けていたバッグの中に仕舞いこむ。

「電話しといたから、カード関連は無事だ。あと、領事館に従兄弟がいて、必要書類を集めて手続きしてもらえるように話をつけといた。それから……財布の中味は幾ら入ってた？」

「多分、一万円くらいかな……出発が急で、あまり多く持ち合わせてなくて良かったのかもしれない……」

財布とは別にポケットに忍ばせた小銭入れに多少の金額を分けておいたのも、今となっては幸運に思えた。

「荷物の中身は？」

「殆ど着替えばかりで、あとはガイドブックとか、本当にその程度だから」

「多分、財布も含めて中身は返ってこないと思う……残念だけど」

それでも失っても取り返しのつかないものがないのは幸いだった。怪我もしてないし、路頭に迷っているわけでもない。それはすべて樹の手助けがあったからで、一人では何もできなかっただろう。

「……ごめん。ありがとう」

自分の間抜けさが悔しかった。ようやく旅が楽しいと感じはじめたばかりなのにこんなことになるなんて。これ以上問題を起こす前に、旅を切り上げて日本に帰った方がいいかもしれない。

　そんなことを真剣に考えていると、樹は優しい声で励ましてくれた。

「謝る必要なんてないだろ。外で一人で待たせたのはおれだし、それにおれも昔、経験あるし」

「……経験って？」

「荷物を根こそぎ盗まれたことがある。しかも結構旅慣れた時期にな」

　驚いて顔を上げると、樹は僕を見て諭すように続けた。

「いくら気をつけても嫌な目にあうことはあるし、こういうのは単なる巡り合わせだ。だからそんな顔するな。それに、盗まれたら一番面倒なスマホが無事な時点で相当ついてる」

　もっと厳しい言葉をかけられると思っていたので、意外だった。

「おまけにおれたちの旅のルートも良い。日本総領事館は最終目的地のバルセロナにあるから、予定通りに移動して、帰りがけに渡航書を受け取れば、問題なく帰りの飛行機にも乗れる」

　樹が言うと簡単なことのように聞こえるが、果たしてそんな心構えで旅を続けてもいいのだろうか。

「……現金の持ち合わせが少ないし、かなり迷惑をかけるかも……」

樹に背を向けて、こっそりと小銭入れの中を確認すると、あと数日間の旅行を続けるには心許《こころもと》ない金額しか入っていない。

「おれの手持ちがそこそこあるし、宿泊費や交通費は最初からカードでまとめて払うつもりだった。後で払えとか言うつもりもないから安心していい」

そういえば、金銭面の話はまだすり合わせていなかったと気付いた。同時に、そんなつもりでいたのかと驚く。

「……それはさすがに気が引けるというか」

「元々おれが強引に連れてきたんだ。そのつもりでいたし」

「でも」

「じゃあ、ここからおまえの手持ちの金額だけで、バルセロナにたどり着く方法があるのか？」

具体的に考えるとかなりサバイバルな状況になりそうだ。しかし、閃きと共に思いついた名案を自信を持って答えた。

「ヒッチハイクをすればいいんじゃないか？」

「おまえな……もう一度根こそぎ盗られるぞ」

容赦ないツッコミに撃沈したが、確かに一理ある。

樹は盛大に溜め息をつき、「不安だ……」と呻くと、呆れや不満が入り交じったような表情で再度僕を窘《たしな》めた。

「旅の間お互い歩み寄ろうって言ったのおまえだろ？　だったらもう少し頼れよ」

それは確かに僕自身が主張したことだった。だけど状況が状況なので尻込みしていると、その瞳が微かに揺れてぼそりと付け足す。

「それにおれたち一応、結婚してるわけだし……」

「書類上はそうかもしれないけど……そこまで背負う必要は」

「だとしても、現時点で繋がりがあるやつを放り出すつもりはないからな」

強い口調で遮られ、口を噤んだ。

樹は多分、少し怒っていた。僕が思う程他人のつもりじゃなかったのかもしれないし、無理やり旅に連れ出した責任感が、そんな言葉を言わせたのかもしれない。

だけど、明言してくれたおかげで、少しだけ気持ちが楽になった。

理解不能な部分もあるし、思い込みが激しい性格だけど悪い人じゃない。

旅の始まりは最高にわけがわからなかったけれど……と思い出して、笑いが込み上げてくる。

「なに」

「いやその。思い返せば滅茶苦茶な状況で旅に出たなって」

樹は笑う僕を見て渋い表情を浮かべた。気恥ずかしいのか、蒸し返すなと責める様子にさらに笑いが込み上げる。そしてこの時僕もささやかながら、歩み寄る覚悟を決めた。

「ごめん。僕もかなり意固地《いこじ》になってたみたいだ」

迷いを振り切るように手を差し出し、握手を求める。

「しばらくの間、世話になってもいいかな……」

それは人に頼ることに慣れていない僕にとって、勇気のいる申し出だった。しかし樹は「ようやく素直になったな」と小さく笑い、僕の手を取った。その遠慮のなさに救われた気がした。


マラガへ向かうバスは、車体も内装も洗練されたデザインで、非常に快適だった。

車窓からの眺めも良く、軽快なスピードと共に流れる風景は、なだらかな丘に立ち木の畑が連なる、緑と赤土のコントラストが印象深いものだった。

それを言葉もなく眺めていると、突然肩を小突かれた。振り向くと、隣に座る樹が手にした袋の中身を見せる。

「さっき買ったサンドイッチがあるけど、食う?」

そういえば食べ損ねていたと頷くと、手渡されたサンドイッチはかなり豪快な見た目をしていた。大きなバゲットの中に、溢れんばかりにハムが詰め込まれている。

切り込みから中身を確認するが、具はハム以外入っていないようだ。

少し、いや、かなり雑な作りに驚いたが、スペインの食べ物は基本的にこういうクオリティなのかもしれない。

郷に入っては郷に従えと言うし、あまり期待せずに食べた。そして次の瞬間、想像を超えた美味しさに思わず唸る。

「お……美味しい」

ハムが詰め込まれているだけなのに、折り重なる複雑な旨味が文句なしに美味しい。もう一口夢中で頬張り、改めて感嘆の声を上げた。

「うまいだろ。イベリコ豚のハムを数種類詰め込んだヤツ」

頷くと、ミネラルウォーターのペットボトルを手渡される。至れり尽くせりの状況に、頭が下がった。

昼食を噛みしめながら、他愛《たわい》のない話をしているうちに、マラガでの夕食はバルで取ることになった。

バルとは、スペインに多く見られる立ち飲みスタイルの居酒屋のことで、マラガには特にいい店が多いのだという。

樹の知識の豊富さは、バックパッカーの経験値が相当なものであることを窺わせた。

「樹は、今まで何カ国くらい旅したんだ？」

「二十くらいかな」

「すごいね、旅費はどうやって？」

「バイトで稼いだ。主にうちの現場がメインだけどな」

それを聞いて、彼の見事な腹筋に納得がいく。

「君とキスした時、押し返してもびくともしなかっただろ？　鍛えてるのかと思ったんだけど、そういうことか」

体育会系な仕事なら筋肉もつくはずだ。しかし樹は、今更あの時の状況を思い返したのか、ばつが悪そうに頭を掻いた。

「怒ってないのか。ファーストキス、奪っちまったんじゃないかと……」

「はは。何言ってんだきみ、面白いな」

さすがにキスの経験くらいはあるし、あれはピンチを乗り切るための必要手段だったじゃないかと笑うが、樹はなぜか裏切られたような表情で僕を見た。

「ちなみにバイトって具体的にどんな？　深山建設って、いつも面白そうな仕事をしてるだろ？　テレビで特集を組まれてたのを見たことがあるよ」

ああ、と樹はうんざりしたように息を吐く。

「あれは兄貴のせいだ。うちは元々、腕の良い技術者が揃っていて、それを見込んで特殊な依頼が来ることが多いんだ。その辺りを大々的に宣伝したせいで急に忙しくなって……

おれは昔から現場のほうが好きなのに、最近じゃ営業にばかり回されてる」

聞けば樹は大型機械を扱うのが好きなのだという。十八歳の時にまとめて取得した特殊免許は多岐《たき》にわたり、技術を駆使すれば一人でビル一棟くらい作れてしまいそうだった。

樹は好きなことを真っすぐに追求するタイプなのだろう。その姿勢を素直に尊敬した。

それに見合いの時の態度を思い返すと、営業の仕事だって相当向いている。そもそも樹と話をしていて嫌な気分になる人のほうが少ないのではないだろうか。

「樹ならなんでもできそうだね。それに、好きなことを仕事にしてるのは正直羨ましいよ。僕はそこまで明言できないな……」

対比してみると、僕の状況はなかなか情けない。

実のところ、今の会社に入社したのは、街や公園を造る都市開発部の仕事ができるのではと期待したからだ。

だけど実際は、英語の発音が良いという理由で、外国企業向けのオフィス管理の部署に振り分けられてしまった。仕事はそれなりにこなしているけど、心からの情熱が持てないのは、本当にやりたいことじゃないからだ。かと言って、今さら異動願いを出したところで通るかどうかは運次第だろう。

二十四にもなって、まだ進むべき道に迷いがあると言ったら、樹は笑うだろうか。

「……そういえば、樹って何歳？」

ふと湧いた疑問を口にすると、素っ気なく「二十四」と返ってきて驚く。

「同い年か。横暴だし人の話を聞かないから、年下かと思った」

「おまえ一言よけいだからな？」

樹は苛立ちを露に眉を寄せたが、同年齢と知った今、遠慮はさらに薄れた。


二時間半のバスの旅はあっという間だった。樹と話したり、車窓を流れる風景を見ているうちに盗難の衝撃も幾分和らぎ、スペインに対する印象が少しずつ明るいものに変わりはじめていた。


通り過ぎた街並みはどこも鮮やかで、それでいて少し粗野で情熱的に感じた。到着したマラガに至っては、南の楽園という言葉がぴったりの美しい景観の都会だった。

青空に温かい風、海とヤシ科の植物の街路樹が彩る街に、自然と期待が高まる。

僕らがバスを降りて最初にしたのは、本日宿泊予定の宿に向かうことだった。

移動中にネットを使い、手ごろなホテルを予約していた。どうせ明日もバスでの移動になるからと、ターミナル付近を選んだのは良い選択だと思う。

街の中心部に近く、買い物にも困らない。

後で向かう予定の、巨大なショッピングモールに気を取られて、街路樹にぶつかりそうになった僕を、樹が慌てて引き寄せる。

「おい、ボーッとするな。またスリに合うぞ……って、何も持ってないから逆に安心か」

　指摘に少々腹が立ったが、本当のことなので何も言い返せない。無言で眉を寄せると樹は「せめて前を見てくれ」と、笑いを噛み殺しながら顔を背けた。

　その日の寝床は、簡素なビジネスホテルのようなツインルームで、内装はこれといった特徴もないけれど清潔で、身体を休めるには十分だった。低階層にあるため、窓から見える街が近い。

　樹はベッドの上で荷物を整理すると、「じゃあ行くか」と立ち上がる。

　これから街の中心部にあるショッピングモールで、失った装備を調える手筈になっていた。

　しかし樹はホテルを出てすぐに、「その前に行きたい所があるんだけど」と、通りかかった路線バスに乗ることを提案した。

　どこに行くのか聞いても「寄り道」としか教えてくれない。でも楽しげな様子を見ると、おかしな所じゃないのだろう。

　乗り込んだバスは街の外れに向けてのんびりと進んだ。長い坂道を登った先の停留所まで来たところで、ようやく降りるように促された。

　そこは街の高台で、少し先に古い石積みの大きな城塞が見えた。どうやら樹はその上を目指しているらしい。

歴史のある建造物なのだろう、歩きやすいとは言えない細い通路と傾斜のきつい階段を行くのは中々の重労働で、無心で樹の後に続いた。

気付けば随分と眺めの良い場所まで来ていた。そして樹がようやく足を止めた城壁の上。そこからの見晴らしは格別で、僕は言葉もなく立ちつくした。

それはとても美しかった。空の端は微かに午後の色に染まりはじめ、柔らかい陽射しが街に降りそそいでいる。緩やかな曲線を描く湾に押し寄せる波は穏やかで、優美な風景が鮮やかな太陽の下、燦然《さんぜん》と輝いて見えた。

「きれいだろ」

問われ、反射的に頷くと樹は目元を柔らかく緩ませた。

「前にここに来たとき、もう一度来たいと思ってたんだ」

「日本じゃ見られない景色だ……樹はそういう場所を、たくさん知ってそうだね」

僕の何気ない言葉に樹は、なぜか視線を逸らし、重い口を開いた。

「昔、一緒に旅行しようって約束したやつがいた。でも、いつ行けるかわからなかったから下見のつもりで出かけて……そしたら意外と面白くてさ」

なるほど。樹は誰かとの約束がきっかけで旅を始めたのか。

「いろいろ足を運んだ中でも、この国の少し粗野で強くて、きれいなところが気に入った。秋人もスペインなら喜ぶかと……」

そこでようやく、見合いの時の会話を思い出した。

「お見合いの時のあれ、冗談かと……」

「ああ……それであの時あんなに笑ってたのか」

樹は感情の読めない表情で頷く。その様子に僕は途方に暮れた。

政略結婚を覆《くつがえ》すための口裏合わせの演技だと思っていた。

だけど樹は最初から、僕を受け入れるつもりでいたのだろうか。

樹側に何か理由があるのは間違いない。その上で、相手を好きでもなんでもなくても、男だとしても、籍を入れたからには面倒を見ようとしてくれている。

いい人なのは間違いない。いや、お人好しすぎると言った方がいい。というかそんなふうに背負い込む前に、一言相談してくれればいいのに。

「樹って、捨てられた動物を見つけたら、それがやっかいな生き物だとしても家に連れて帰るタイプだね……」

「はぁ？」

憮然《ぶぜん》とした態度は怒っているばかりじゃなくて、照れ隠しなのかもしれない。

気づいてしまえば、色々なものがそれまでとは違って見えた。

「なんていうか。こんなふうに君と話せるようになるとは思わなかったな」

樹は僕の呟きに対し、溜め息を吐く。

「まぁ、嫌いなやつと話なんかしたくないよな」

「最初は戸惑ったけど、嫌いってわけじゃ……」

まだ理解不能なことはたくさんある。でも散々な目にあったのに無事なのは樹のおかげだ。感謝を込めて見上げると、樹は挑むように言った。

「おれは、おまえのこと好きだけど」

嫌われていると思っていたのはこちらも同じだったので、その言葉は純粋に嬉しい。

「それはとても光栄だよ」

笑ってみせると、樹は小さくため息を吐きながら、視線を風景に戻す。その横顔に目を奪われた。

樹の整った鼻梁《びりょう》と真剣な表情。上背の高さや体つきもあいまって、マラガの風景を背に立つ姿は、ポートレートのようだった。

目が逸らせなくなりそうな予感に襲われ、意図的に風景に視線を移す。視界を占める美しい海と、太陽の動きに合わて表情を変える街並み。この風景は間違いなくここに来なければ見られなかったものだ。

「……来てよかった」

ぽつりと呟くと、隣で樹が身じろいだ。

「本当か？」

硬い声で訊かれて頷いてみせると、その目元が嬉しそうに和らいだ。

樹は笑うと優しい顔つきになる。それは彼の人となりと同じで、思い返せば最初からこぞというときはずっと優しかった。

不機嫌な表情ばかりしていたのは、僕が頑なだったせいだろう。心の中でごめんと呟き、笑い返した。

彼と友人みたいに気兼ねなく向きあえている。それを妙に嬉しく感じた。

高台からの景色を堪能《たんのう》した後、僕らは再び路線バスに乗り、今度こそショッピングモールに向かった。

「というわけで、今からおまえの服、全部揃えるから」

樹の宣言に、深々と頭を下げる。

「よろしくお願いします」

代金は日本に帰ったら必ず返すと約束し、ひとまずこの旅を乗りきるための装備を調えなければならなかった。

とはいえ勝手のよくわからない場所で、着替え一式とその他の備品を、程々の金額で手軽に揃えることができるのだろうか。

僕の不安をよそに樹が突入したのは、日本でも最近よく見かけるようになった海外発のカジュアルブランド店だった。

「ここって……」

「元々スペイン発祥の店だ。日本より値段も安いし、なんでも揃うだろ」

スペインではファストファッションが賑わいを見せているらしく、他にも安くて使い勝手のいい店がたくさんあるのだという。しかもシーズンが終わりかけた今はバーゲンの最終段階らしく、値段も気負わずに済むと知って安心した。

とりあえず数日の間、不自由がなければいい。それを踏まえて樹が提案したのは、二日分の着替えの調達だった。

「おれの荷物もその程度だし、合間でランドリーに寄るし、多すぎても荷物になるだろ」

バックパック一つで行動している人の言葉には説得力がある。しかも樹の服装はジーンズにTシャツといったシンプルなものばかりなのに、やけに様になっている。口には出さずにいたが、実は秘かに憧れを抱いていた。

なので樹を参考に、Tシャツを選ぶところから始めた。いつもの癖で地味なデザインのものに手を伸ばすと、樹が隣から僕の手元をのぞき込み、「どう考えてもこっちだろ」と、エメラルドグリーンに黄色やオレンジの絵の具をぶちまけたような、鮮やかなデザインのものを差し出す。

「派手すぎる」

「似合いそうだけどな」

強引に鏡の前に引き出されて合わせてみると、確かに悪くない。

「秋人は明るい色が似合うな。どうだ？」

「……今回は、スポンサーの意見を尊重することにする」

その返答に樹は満足げに目元を緩めると、今度は真っ赤なシャツを手渡してきたので、断固として拒否した。

「明るいけど……その色はさすがに落ちつかないし、闘牛と遭遇したら、命の危険があるからこっちがいいと思うんだけど……」

「それ、首元が開きすぎてエロいから却下だ」

忌憚《きたん》なき意見をぶつけ合い、攻防を繰り広げ、もう一枚は早朝の青空みたいなグラデーションカラーのもので折り合いをつけた。

結果、厳選した二枚のTシャツと黒のボトムを一枚、下着やバックパックなども含め、必要なすべてを無事に手に入れることができた。

会計を済ませてもらい、一式をありがたく受け取る。

「ありがとう。樹の監修のおかげで少しはバックパッカーに近づけた気がするよ」

「別に、ペアルックを狙って選んだんじゃないからな」

樹は眉間に皺を寄せて口ごもるが、嫌な顔一つせず買い物につきあってくれたのだから感謝しかない。

その後僕たちは、日が暮れはじめたマラガの街を散策がてら、夕食を食べに人気だというバルに向かった。

治安の悪さなど微塵《みじん》も感じない風光明媚《ふうこうめいび》な街の夜は、いつまでも歩き続けたくなるような魅力があった。その熱につい浮かれたが、旅慣れていない僕は当然疲れるのも早かった。

体力的にというよりは、精神的な意味合いが強い。

知らない場所での行動は自然と肩に力が入るものだし、今日は特にひどい目にあった。

おかげでせっかく足を運んだ店なのに、あまり食が進まなかった。

エビのアヒージョを、いつもより時間をかけて食べるのを不審に感じたのだろう。

「秋人、エビ好きじゃなかったっけ？」

どうして知ってるんだろうと思いつつ、慌てて首を横に振った。

「好きだよ。ただ……あまりお腹が空いてなくて」

人気の店というだけあって人の出入りが激しく、すぐ背後のテーブルでは、地元の若者グループが大声で楽しんでいる。実は、こういう雰囲気にも慣れてない。

賑やかで楽しい。その分、気疲れの度合いも大きかった。

ホテルに帰りついた時には完全に電池が切れる寸前で、このままベッドに飛び込むつもりでいた。しかし。

「秋人、先にシャワー使え」

「……え？」

「そのまま寝てもすっきりしないだろ。ほら」

強引に促されてバスルームに入り、確かに一理あると思い直して熱い湯を頭から浴びた。

樹は旅慣れている分、体力や気持ちの上で僕より余裕があるのは間違いない。でも当然疲れているはずで、それなのに気を遣わせてばかりいる。

この旅に強引に連れ出した負い目もあるのだろう。だけどいつしか僕の中には、これ以上、樹の足手まといになりたくないという気持ちが生まれていた。

対等な友達みたいな関係がいい。そのためにはしっかりしなくては。決意をこめてシャワーの蛇口を強くひねった。


早々にベッドに潜り込んで迎えた翌日、先に目を覚ましたのは僕のほうだった。

しっかり寝たおかげで身体の調子は良く、出発予定の時間まで随分と余裕があったものの完全に目が冴えてしまった。

二度寝を諦めて樹を起こさないよう窓辺に向かい、カーテンを細く開いて外を眺めた。

よく晴れた青空の下の街並みは、朝日に照らされて清々《すがすが》しい空気に満ちている。散歩をしたら気持ちが良さそうだと考えていると、背後で樹が身動きする気配がした。

「おはよう……」

低く擦れた声が、ひどく眠そうに聞こえる。

「おはよう。眠いなら、もう一眠りしても大丈夫な時間だけど……」

しかし樹は大きく欠伸《あくび》をしながら、「いや、起きる」とベッドを降りた。そして窓辺に張り付いている僕に気付き、「出かけようとか考えてた？」と尋ねる。あながち間違いではないので言葉を濁した。

「秋人って意外と躊躇《ためら》わずに飛び込んでいくタイプだよな。そういう所はバックパッカーに向いてる……でもな」

樹は冷蔵庫から水を取り出しながら、溜め息をつく。

「一人で出かけるな、とまでは言わないけど、絶対おれに声をかけること。これ約束な。破ったら……」

威圧的な目に身構えると、たっぷりと時間をかけて人相の悪い笑顔を浮かべた。

「罰ゲームだ」

「ば……罰ゲーム、って、どんな？」

樹は「さぁ」と首を傾げる。

「その時のお楽しみってことで」

不穏な気配を察し、この約束は絶対に守ったほうがよさそうだと頷いた。

その日は、昨日揃えたばかりの新装備に袖を通した。

エメラルドグリーンのTシャツは、普段着慣れない色合いで少し落ちつかないが、監修者である樹は、「やっぱり似合うな。それに旅慣れて見える」と言った。

ということは、少しは樹の雰囲気に近づけたのだろうか。本人は今日もジーンズに白いTシャツ、その上に薄手のパーカーという、シンプルなのに様になる服装に身を包んでいた。

荷物を調えると午前中のうちにホテルを出て、近くのカフェで、朝食を兼ねた昼食を取ることにした。

大きなオムレツと山盛りのポテトは、見た目にも美味しそうに感じたのに、気疲れが抜けていないのか、今日もあまり食が進まなかった。

樹は心配そうに、「疲れたらすぐ言えよ」と言ってくれたが、こういうのは気の持ちようだとやり過ごした。

それにこれから向かうグラナダのことを考えると、疲れてばかりはいられない。

スペインでも有名な観光地で、街の名前を知らなくても「アルハンブラ宮殿」と聞けば納得する人は多いだろう。

ちなみに僕自身、ガウディの建築物と同様に、いつか足を運んでみたいと願っていた場所だった。

バスに乗る前に樹がしてくれた説明によると、ここからはスペインの内陸に向けて移動することになるらしい。

「バルセロナまで海は見納めだな……」

そう言われて初めて、いつも視界の端に映っていた海から遠ざかるのを名残惜しく感じて、出発までの時間を海のそばで過ごした。

そして午後の最初のバスに乗り込み、ほぼ予定通りにたどり着いたグラナダは、歴史的な城塞都市の景観をそのままに、僕たちを迎えてくれた。

まさかこんな風に訪れることになるとは思ってもみなかったので実感が湧かない。だけど街を歩きはじめてすぐ、中世の世界に紛れ込んだような錯覚に陥った。

石畳の道、その両脇に壁みたいにきっちりと並ぶ家々。それぞれの窓枠が洒落《しゃれ》ていて、つい目を奪われる。

またもや注意散漫に歩いていたらしく。「秋人」と窘める声がして振り返ると、樹が僕のバックパックのショルダーを、ハーネスのように掴んだ。

「あのさ、今日は時間が許す限りおまえの行きたい場所につきあってやるから、とりあえず前見て歩いてくれる？」

「あ、ハイ……すみません」

こちらに来てからどうも好奇心が勝ってしまう。樹も僕の行動パターンを把握しはじめたのか、苦笑混じりに溜め息をついた。

「散策は今日の宿に向かってからな」

これも定着しはじめたパターンで、今回も移動中にスマホから予約をしてある。

アルハンブラ宮殿目当てで訪れる観光客のために、市内には多種多様な宿泊施設が揃っている。その中から僕らが選んだのは、宮殿の丘の麓《ふもと》にあるホテルだった。

石畳の坂道沿いに土産物《みやげもの》を扱う店やカフェが軒を連ねる賑やかな場所にそのホテルはあった。

観光客向けなのか、フロントもアラブの宮殿をイメージした内装で、ネットで見る限り部屋のデザインもこの雰囲気で統一されているらしい。

樹が英語とスペイン語を駆使して予約の確認をすると、受付の女性は「ようこそ、グラナダへ」と歓迎してから、申し訳なさそうな表情を浮かべた。

「本当だったらすぐに部屋を使える時間なんですけど、実はまだ清掃が終わってないんです。なので部屋の利用をあと一時間程待って貰えます？　お詫びと言ってはなんですが、明日のチェックアウトは昼過ぎで構いませんので」

これからアルハンブラ宮殿に向かうつもりの僕らには何の問題もない提案だった。それに荷物は先に預かってもらえるらしい。

「じゃあ全部置いて行こう。貴重品だけ持てばいいだろ、すぐそこだし」

意気揚々と準備を調え、早速アルハンブラ宮殿に続く坂道を歩き出した。心が軽いと足取りも軽く、浮かれた気分が滲み出ていたらしい。

「楽しそうだな」

内心を言い当てられ少々気恥ずかしくなる。

「その……憧れの場所だからつい」

「迷子になるなよ。ボーッとしてたら手繋ぐからな」

ついには子供扱いされてしまったが、これまでを振り返ると仕方ない。反省し気を引き締めたが、心なしか樹も嬉しそうに見える。きっと彼もここに来るのを楽しみにしていたのだろう。

アルハンブラ宮殿は、グラナダがまだイスラムの土地だった頃に造られた城塞で、戦火に晒されながらも「美しすぎて破壊するのが惜しい」という理由で残された壮麗《そうれい》な建物だ。

子供の頃、何度も繰り返し眺めた図鑑に掲載されていたのは、壁や天井に施《ほどこ》された繊細《せんさい》な文様やモザイク画、調和の取れたシンメトリーな庭園の写真だった。惜しみなく水を使う噴水や豊かな植物は、裕福さの象徴だったらしい。

知識だけはたくさん頭に叩き込んでいるつもりだった。だけど実際に目にしたそれは写真よりもずっときれいで鮮やかで、興奮のあまり立ちつくすことしかできなかった。長い年月、この美しい姿を保ったまま存在し続けていたのかと思うと、積み上げられた歴史に急激に目頭が熱くなる程度には、感情の箍《たが》が外れていた。

「すごいな……」

心の声をそのまま口走りながら夢中で写真を撮り、観光客で賑わう展示エリアにも果敢に乗り込み、好奇心の赴くまま突き進む。

「樹、次は向こうの庭園に行こう」

意気込みながら背後を振り返った時、ようやく樹の姿がないことに気付いた。

あれほど忠告されたのに、見事にはぐれてしまったらしい。さすがに動揺を隠せなかったが、よく見ると辺りには人の気配そのものがなかった。

静まり返った中庭は太陽の光が届かず、壁の至る所には修復用の足場がかけられ閑散としている。どうやら一般には開放されてないエリアに迷い込んでしまったらしい。入場チケットと共に手渡された簡略図で現在地を確認したが、そもそも自分が今どこにいるのかがわからない。

仕方がなく勘を頼りに歩いた。誰の気配もない、美しい建物の中を彷徨っていると、奇妙な世界に迷い込んでしまったような心細さが押し寄せてくる。そのうち人通りのある場所に辿り着くと信じて歩き続けると、角を曲がった先に警備員らしき男の姿が見えた。

どうしてこんな辺鄙《へんぴ》なところに、と思ったが、辺鄙だからかもしれない。

実際、警備員も僕を見つけると小さく肩を竦めながら歩み寄ってくる。こんなふうに迷い込む観光客が他にもいるのだろう。

「あの、すみません、困っているんですが……」

スペイン語は片言しか話せないので、一か八か英語で尋ねると、「そのようだね」と、英語の答えが返ってきてほっとした。

「この簡略図だと、現在地はどのあたりですか?」

手元に地図を広げてみせると、男はのぞき込み一点を示した。

予想以上に奥まった所まで入り込んでいたことに驚く。

「この辺りは一般公開していないんだけど、立ち入り禁止の案内は見なかった?」

咎める口調ではなかったので素直に謝ると、警備員は人の好さそうな笑顔を浮かべた。

「しょうがない、わかりやすい場所まで案内しよう。こっちだ」

そう言うと、男は僕の肩に手を置き、促してくれた。

その人は、スペイン人らしい彫りの深い顔立ちと、情熱的だが優しげな目をしていた。

背は僕より高く、体つきもかなり大きい。年齢は少し年上のように見えた。

気さくな性格なのか、「日本人? 観光で来たの?」などと話しかけてくれたので、自然と気が緩んだ。

「ぼくは日本人が好きで何人か友達がいるよ。君はバックパッカー？」

「そんなようなものです」と返すと、男は突然足を止めた。

「遠い所から来てくれたんだし、せっかくだから非公開の部屋を見て行かないか？　カギを持っているんだ」

そう言って腰のキーホルダーから、古びた真鍮《しんちゅう》のカギを取り出す。

「修復中の素晴らしいモザイク画がある。この宮殿の中で一番の装飾で、すぐそこの部屋だ。どうする？」

魅力的な申し出には違いないけれど、初対面でこれほど親切にされる理由がわからない。これはスペインなら普通のことなのだろうか。

そんな戸惑いを読み取ったように、男が肩を竦める。

「言っただろう？　日本人が好きなんだ。だから君と仲良くしたい、君だけ特別だ。周りに人もいないし、バレない」

どうする？　と再度目で尋ねられた。これが日本なら、おかしいと思ったかもしれない。でも、その場の雰囲気と状況が違和感を打ち消した。

迷いながら頷くと、男はそこからほんの少し歩いた場所にある何の変哲もない扉のカギを開けた。

「どうぞ」と促され、中をのぞき込むと真っ暗で何も見えない。

「明かりは？」

「今、つけるよ」

カチンという音と共に古びた電球が灯り、空間全体を弱い光がぼんやりと照らした。

視界に映ったのは、修復の最中と思われる部屋だった。

中央には木材や鉄筋の資材が置かれていて、床の一部は土が剥き出しだった。おまけに壁のどこを見ても、寒々しい色をした石壁があるばかりで、肝心の装飾が見当たらない。

「あの、モザイク画はどこに？」

尋ねた次の瞬間、強く背中を押されて、部屋の奥に押し込まれた。そして扉が閉まる音が響く。

「え？」

突然背後から羽交い締めにされて、わけもわからず身体の自由を奪われた。

力任せの拘束《こうそく》は容赦がなく、薄暗い部屋の中、強引に密着する男の体温を背中に感じて驚愕した。慌てて抵抗するが男はびくともしない。

そのうえ強引に首筋に鼻先を押し付け、生温かい息を吹きかけられて鳥肌が立った。

「な、な、何して、あの、やめてください！」

「しー。静かに、特別に部屋に入れてやったんだから、楽しませてくれよ」

要求の意味がわからなかった。楽しませるってなんだと混乱しているうちに、Tシャツの上から無骨な手が這い回る。

驚いて引き剥がそうとした。だが毛深い腕の力は強くて執拗《しつよう》だった。恐怖に駆られながら、逃げなければと暴れたが、逆に凄い力で部屋の奥まで連れ込まれ、壁に押し付けられてしまった。

逃げ道を失った僕のうなじを、熱く、ぬるりとしたものが熱心に這いずり回る。抵抗できないのをいいことに、男は好き勝手に僕の身体を弄びはじめた。

「いい子だ。おとなしく足を開くんだ」

先程とは打って変わった、低く余裕のない声と共に、男はTシャツの裾から手を潜り込ませた。

自分の身に起こっていることが信じられなかった。だけど背後の男は明らかに僕の肌の感触を楽しんでいて、そのおぞましさに怒りが湧いた。

もう一度、渾身の力で身を捩ると、それを罰するように脇腹の皮膚《ひふ》をつねられた。痛みに呻くと、その声すらも愉《たの》しむように笑われて、目の前が怒りで歪んだ。やめてくれ、と声を上げたいのに、喉がひきつり声が出ない。それでもなんとか奮い立ち抵抗する。

「やめろ、離せっ……！」

必死の叫びは左頬を石壁に押し付けられたことで途切れる。それに被せるように、背後の声が慌ただしく語りかけた。

「言ったろ？　日本人が好きだって。一人で旅行なんて寂しいんじゃないのか？　それともこれが目的か？」

一人じゃないいし、そんなわけがあるか。

声を上げようとしたが、唐突にボトムの後ろを掴まれて腰ごと引っ張られた。そのまま男は忙しない手つきで僕のボトムを緩めてしまう。

下着ごと引き下げられそうになった時、灼熱《しゃくねつ》のような怒りが全身を支配した。

僕は男で、こいつも男だから、こんなことが起こるなんて考えもしなかった。だけど現に今、不条理な暴力を押し付けられている。こんなの絶対に嫌だ、許さない。込み上げる感情を叩きつけるように声を張り上げた。

「ふざけるな！」

強張る身体を叱咤《しった》し、膝を曲げて身を沈めると、すぐさま勢いをつけて立ち上がる。

相手の顎めがけて頭突きを狙うと、直撃したらしく男が呻きながら手を離した。

その隙をついて逃げようとしたが、強張った足がもつれて地面に膝を突いてしまう。

背後で男が、「こいつ、大人しくしろ！」と罵声《ばせい》を上げながら、距離を詰めてくる。

その時、手の届く場所に丁度いい按配《あんばい》の木材を見つけて咄嗟に掴んだ。

修復作業に使う木材だろうか。何にせよ、それが手にしっくりと馴染んだ瞬間、自分の中で反撃のスイッチが入った。

伯父の教育方針で幼い頃から稽古に通わされていた居合という武術は、迎撃するための技を突き詰めたものだ。相手の攻撃をどう受け、さらにどう一撃を返すか。初動の動きは、長年続けただけあって考えるより先に身体が動いてくれた。

片ひざを地面に突いたまま、踏み込むように放つ座業。抜きざまの一撃は狙い通り、相手の鼻先を鋭く打った。

男が一瞬遅れてやってきた痛みに呻き、鼻を押さえる。前かがみになる所を狙い、膝裏に打撃を加えると、男は両膝を突いた。

一応手加減はしたから致命傷《ちめいしょう》ではないはずで、ということは逃げるなら今しかない。

木材を放り出し震える足を叱咤して、扉を押し開けて全力で走った。

外に出てもすぐには安心できない。男が追いかけて来るかもしれないと思うと、恐怖で余計に足が竦んだ。

必死で、どこをどう移動したのか自分でもわからない。距離は十分稼いだと思える場所まで逃げて、のどかな庭園の片隅の、立ち木と建物の壁の隙間に潜り込んで身を隠した。

動悸が全くおさまらない。膝を抱えようとして、緩められたボトムのあられもなさに改めて気づき、唇を噛みしめながら素早く着衣を整える。あとはただ目を閉じてうずくまった。

恐怖でそれ以上動けなかった。心臓が飛び出しそうなくらい脈打っている。どうしてあんなことになったんだと思い返そうとしたけれど、考えがまとまらない。

この数日の中で最大級に混乱していた。この旅に来てから本当に散々な目にあってばかりいるけれど、その中でも群を抜いて最悪だった。

思わず「帰りたい」と、心の内で弱音を吐く。だけど、いったいどこに帰ればいいんだろう。

結局、日本に戻っても今の僕には家すらなく、帰る場所なんてどこにもない。

せめてどこか安心できる場所を思い浮かべようとしたが、それすらできなかった。

「秋人！」

突然名前を呼ばれ、目の前の梢《こずえ》が割れて身を竦ませる。そこには樹がいて、安堵と怒りがないまぜになったような表情で盛大な溜め息をついた。

「おまえ、勝手にいなくなるなってあれほど……」

腕を引かれて立たされると、樹は僕の姿を見て表情を消した。

「……それ、どうした」

指摘されたことで嫌な記憶が蘇り、反射的に身体が固まる。

ゆっくりと自分の姿を確認すると、壁に押し付けられた時に付着したのだろう、砂埃で
Tシャツもボトムも至る所が汚れていて、整えたはずの衣服も完全に直しきれていなかっ

た。ほんの少し前に起きた凶行の名残は、傍目《はため》にも一目瞭然《いちもくりょうぜん》だろう。

「……転んだ」

咄嗟に誤魔化《ごまか》そうとしたが、樹は僕を掴む手の力を強めた。

「嘘つくな、何があった」

険しい表情で詰め寄られたものの、咽《のど》がかすれて声を出すのに時間が必要だった。

「大丈夫だから……本当に大丈夫なんだ、何もされてない」

「大丈夫って……」

樹は怒りを露にしていて、この勢いでもう一度詰め寄られたら、今度は言い逃れができそうにない。

しかし樹は怒りの矛先《ほこさき》を変え、「……誰にやられた」と低い声で問う。

その質問に急激に情けなさが押し寄せて、何も言えなくなった。こんな目にあったのは自分のせいだ。僕が間違ったせいだ。

「……帰りたい」

そんな場所なんかない。でも、言わずにはいられなかった。

すると樹は、今にも犯人のもとへ向かいそうな足を止め、膨れ上がった凶暴な怒りをどうにか自分の中に押し込めるように拳を握る。

「……怪我は、してないんだな？」

硬い声に頷く。すると樹は自分が着ていた薄手のパーカーを脱ぎ、僕に羽織らせた。

「歩けるか」

これにも黙って頷くと、今度は深くフードを被せ、それ以上何も言わずに僕の手を引いて歩き出した。

足元ばかりに目を向けていたので、どこをどう歩いたのかわからない。なのに無事にホテルに辿り着けたのは、引いてくれる力強い手のおかげだった。

フロントを横切り、既にカギを受け取っていた部屋に入ったところで樹はパーカーを剥ぎ取る。

「おい。本当に大丈夫か、どこも痛くないか」

そんなことはどうでもよかった。反応せずに立ち尽くしていると樹は勝手に僕の身体を点検しはじめる。

その際、左頬に汚れか何かを見つけたのか、指先で拭った。その触れ方が、哀れなものをいたわるように優しくて、よけいに自分が惨めに思えて顔を背けた。

「何があった」

問い掛けられて蘇る記憶は思いのほか鮮明だった。耳にかかる湿っぽい息や、うなじを這う舌の感触。圧迫感やあの時のやるせない感情がまざまざと蘇り青ざめていると、樹はそれ以上何も聞かなかった。

混乱はまだ尾を引いていて、今はうまく答えられそうにない。

「ごめん……少し横になりたい」

手短に断り、部屋の奥にあるベッドに靴を脱いで潜り込み、頭から布団を被る。

樹は、ふさぎ込む僕を何も言わずに放置してくれていたが、しばらくすると、「ちょっと出てくる、絶対に部屋から出るなよ」と言い残し、出かけて行った。

僕は薄情にも、ひとりになれたことに安堵した。

あんな目にあった原因は間違いなく自分にある。それが悔しい。けれど「まさかあんなことになるなんて」という気持ちがいまだに拭いきれなくもある。

この旅に来てから何度目か、自分の情けなさに心が折れそうになっていた。

こんな時、相談できる友達も家族もいない。帰りたくても家すらない。これで仕事がなければ路頭に迷っているかもしれないと自嘲するが、その仕事ですら惰性《だせい》で続けているにすぎない……こんな具合にどんどん思考が暗い場所へ落ちていく。

たとえ特別に誇れることがなくても、それでも日本にさえいれば、社会の枠組みの中でそれなりに振るまえていたはずだった。けれど異国で身ひとつになると、自分の薄っぺらさが際立ってしまう。

樹はいつも、きちんと忠告してくれていた。

だからよけいに自分の愚行が招いた災難に、気持ちの落とし所がわからない。

どれだけ布団の中で迷走していたのだろう。随分長い時間だった気がするし、ほんの短い間だったかもしれない。

樹が部屋に戻ってきた気配がしたのに、合わせる顔がなくて無反応を決め込んだ。

しかし、このまま放っておいてくれるはずもなく、「秋人、起きろ」と呼ぶ声がした。

寝たふりをしてやり過ごそうとした。しかし次の瞬間、強引に布団が引き剥がされた。

暴力的に明るくなる視界。突如繭《まゆ》を奪われたむき出しの蚕《かいこ》は、きっと怒りと焦燥《しょうそう》でこんな気持ちになるに違いない。

不機嫌を露に身体を起こすと、樹の手が伸びてきて、僕をベッドから引っ張り出そうとした。

「ちょっ、なんだよ……やめろよ」

「おまえ今、ろくでもないこと考えてただろう。思い詰めた顔しやがって」

「うるさいな……ほっといてくれ」

手を振り払うが、樹は「いやだね」と、頑なに僕から離れない。

眉を寄せ、「そこに座れ」と、部屋の中央にある二人がけのソファを示した。

「……今日はもう、眠りたいんだけど」

「あとで好きなだけ寝かせてやるから、言う通りにしろ」

その口調に懇願《こんがん》が混じっていたから、撥《は》ねつける気力が失せた。しかたがなくソファに向かうともう一度、「座れ」と促がされる。

くだらないことだったら許さない、と殺伐《さつばつ》とした気持ちで腰を下ろすと、樹は大きな紙袋から、次々とテイクアウト用の器に入った料理を取り出し、目の前のローテーブルに並べはじめた。

一品増えるごとに食欲をそそる匂いが鼻孔をくすぐる。見た目も美味しそうだ。

「……これ、どうしたの」

「すぐそこの店でテイクアウトしてきた。絶対腹減ってると思って。おまえ昨日からあんまり食ってないだろ」

空腹なんかどうでもいいし、人間は数日食べなくたって生きていける。

「いい。いらない」

「ああ、そうですか」

素っ気ない口調だったので、諦めてくれたのかと思った。だけど次の瞬間、強引に隣に腰掛けた樹が料理の中からひとつ、小さなパンの上にとろけたチーズと、身の弾けそうなエビが載ったものを手に取り、「食えよ」と押し付けてきた。

「だから、いらないって……」

喋る合間を狙って口の中に料理を押し込まれた時、あまりの横暴さに苛立った。でも味は文句なしに美味しくて、つい咀嚼《そしゃく》し飲み込んでしまう。

「どうだ」

美味しかった。だけどこういうやり方は狡いと子供じみた感情が先だって、上手く言葉が出てこない。

黙ったままの僕を咎めたりせずに、樹はもうひとつ同じものを手に押し付けた。

「エビのやつ、多めに買ってきた」

それだけ言って、後は好きにしろとでもいうように自分も料理に手を伸ばす。

なんだこれ。優しさ以外の何物でもない。不覚にも涙腺が緩みそうになる。

意地を張り、料理を放り出して再びベッドに戻っても、樹はきっと何も言わないだろう。でも与えてくれたものを無下《むげ》にすることができなくて、迷ったあげく手に押し付けられたパンに噛りついた。

どうしようもなく美味しかった。悔しいことに好みの味だ。するとこんな状況なのに胃袋は正直に空腹を訴えはじめる。あとはもうなし崩しに、黙々と目の前の料理に手を伸ばした。

空腹を満たすことには、尖った心の棘《とげ》を落とす効果があるらしい。

おかげでいつのまにか、ささくれ立った気持ちが少しだけ凪いでいた。できればこのまま静かに今日が終わることを願った。

だけど樹はその優しい気質から、僕をいたわるような言葉を吐いたのだ。

「疲れたよな」

気遣う必要なんかないのに、樹はさらに続ける。

「旅慣れてないのに、無理させてるし」

「……そんなの、僕が旅に耐性がないだけだ」

「それも含めて、おれの考えが足りなかった」

優しくされると居心地が悪いのは、そんなことをしてもらう程の価値が、自分にはないと知っているからだ。言葉に詰まると、樹は場を持たせようとしたのか話題を変える。

「飯、うまかった?」

テイクアウトしてきてくれたことすら申し訳なく感じるのに。

「もし気に入ったなら明日行こう。すぐそこだし、落ち着いた雰囲気の店だから」

騒がしい場所を苦手に感じていることまで見抜かれていると知り、心底いたたまれなくて、焦燥にも似た罪悪感が溢れて止まらなくなった。

「樹。あのさ……必要以上に気を遣わなくていい、きみが本当に行きたいところに行けばいい。どこでも好きなところに、僕が邪魔なら置いていっていいから」

箍が外れたように、言葉が止まらなくなった。

「これでも一応、きみにひどい迷惑をかけている自覚はあるんだ。だから僕なんか本当は面倒くさくてしょうがないって、はっきり言ってくれたほうがまだマシだ……!」

こんな荷物を背負わされている樹は、災難に見舞われているようなものだ。

樹の優しさに触れる程、よけいに自分に嫌気が差した。

「……外れクジを引いたね」

「そんな風に考えたことないからな」

「嘘なんかつかなくていい！」

気遣われるのはもう嫌だった。いっそ本音をぶちまけてほしかった。

「この結婚って何か事情があったんだろ？　家の都合とかそういう……なのにこんなに優しくしてくれて感謝してるよ。でも迷惑ばかりかけてる。このまま結婚してたらもっとひどいことになるかもしれない。そもそも僕はあの家との接点も薄いし、伯父だっていざとなったら僕を切り捨てる。そしたら本当にこの結婚に意味なんかない、きみにはなんの利点も、ないことになる……」

声が震えたのは、それが真実だからだ。

「ごめん……僕はきっと役に立てない。何も持ってないんだ。なのに、意地ばかり張る面倒な性格だから、友達もいないし、家族も……」

勢いのまま吐き出した自分の言葉に自分で傷ついて、乾いた笑いが零れた。

父と母は一緒になった経緯から孤立無縁で、僕らは三人きりの家族だった。

二人がいなくなってひとり残された僕を、伯父はすぐに引き取ってくれたけど、しっかり育てなければと思ったのか、とても厳しくされてとまどった。

でもそれは伯父なりの愛情だったと本当はわかっているし、伯母や従兄弟たちも皆親切にしてくれた。ただ、それまでの環境との違いに困惑した僕自身が、既に幸せな形が完成していた家族の輪に、素直に飛び込めなかっただけだ。

結局、僕が伯父一家を「親戚」と線引きしてしまったせいで、一歩踏み込めない遠慮が今も残っている。

その代わり、大人になれば自然と誰かを好きになり、自分の家族を持てるんだと、漠然とした希望を抱いていた。

だけど大学の頃。告白を受けて、その瞬間は確かに嬉しいと思ったはずなのに、「何かが違う」という違和感に襲われた。

その気持ちの正体を探るうちに、僕は誰かとの親密な関係を上手く思い描けないことに気付いた。

欲しいものが想像できない。それは緩やかな絶望で、どうにかしようと必死に足掻いたけれどだめで。結局僕は誰かを求める感情を遠ざけた。

欲しいと思うから辛くなる。手に負えない感情と戦うのは苦しい。随分前にわかりきっているはずなのに、今更人前でこんなにも取り乱したことが恥ずかしい。

溜め息をつきながら、どうにか落ち着こうと目を閉じる。

だけど樹は、そんな僕を容赦なく怒鳴りつけた。

「バカヤロウ」

吐き出すような、真っすぐな言葉に顔を上げると、樹が僕の手を掴んだ。

「ふざけるな。いるだろ目の前に、今はおれがおまえの家族だろ」

だから、どうして……と苛立つ。樹も僕に怒っているようだが、それが僕には理解できない。

「そんな風に背負わなくていいって言ってるんだ！」

「背負うに決まってるだろ！」

「なんでだよ！　きみがそんなことをする理由なんか」

「ある。おまえのことが好きだからだ！」

なんだそれ、どういう理屈だ。滅茶苦茶だ、そんなことあるはずがないのに。

予想外の言葉に驚きすぎて固まった。けれど樹は引き下がらなかった。それどころか迷いのない眼差しを容赦なくぶつけてくる。

「おれはおまえが好きで大切だから、絶対に見放さないし置いて行かない。一人にするつもりもない。友達も恋人も家族も、全部おれがなってやる」

もしそれが答えだというのなら、きっとこの世で最もシンプルな理由に違いない。

でも優しい嘘だ。だって僕には、好かれる理由がない。樹は無茶な理由をこじつけて、僕を掬い上げようとしてくれている。優しすぎるから、追い詰められた僕を見放せないのだろう。

「秋人」

現に名前を呼ぶ声は優しかった。一瞬躊躇ってから伸びた手が、僕の髪をくしゃりと撫でる。

「……ひとりで全部、抱え込まなくていいんだぞ」

あまりにもお人好しすぎる。バカだと思った。でも同時に救われた気持ちになったのは事実で、ふいに込み上げた感情を堪えることができず、視界が滲んだ。

なんて応えればいいんだろう。

「ありがとう」と言うべきなのか。それとも、僕をどんな理由であれ一人じゃないと思わせようとしてくれて「嬉しい」と伝えるべきなのか。

結局どうすればいいかわからなくて、僕は言葉の代わりに、微かに笑ってみせた。これから先何年経っても、この時樹がくれた捨て身の優しさを、僕はきっと忘れないだろう。

樹も何も言わずに、少しだけ悔しそうに眉を寄せると、僕を自分の胸に押し込めるようにして抱きしめた。

それをなぜか嫌だと思わなかった。誰かの温もりに包まれるのは子供の時以来で、むしろ安心した。

「……おい」

樹が不穏な声を上げたのは、随分長い間そうした後のことで、意図がわからず顔を上げると、Tシャツの襟を後ろに引っ張られた。

「おまえ、これ……何」

うなじの一点を指先で擦られ、身を捩る。

「何って、何が？」

「赤くなってる」

咄嗟にそこを手で探り、あの時、警備員に舐められた場所だと気づいて、慌てて居住まいを正した。

「虫に、刺されたのかも」

「ちがうだろ……どう考えてもどっかの誰かに吸われた跡だろ！」

樹が盛大に舌打ちし、ぐい、と僕の頭をもう一度引き寄せ、そして。

ぢゅう、と思い切り吸いつかれた衝撃に、驚いて身体を押し返した。

「な、なんで、吸うんだよ」

「上書きだ！」

理不尽な答えに戸惑うと、樹はさらに語気を強めた。

「他にどんなことされた、まさか……！」

「大丈夫、少し抱きつかれて、触られただけで……」

「それ完全に事件だろ…………用を思い出した。ちょっと出てくる」

樹が薄暗い表情で立ち上がり、部屋の隅に置かれている電気ポットの重量を確認するように持ち上げたので慌てて止めた。

「落ち着いて。本当にきっちり反撃したから、鼻の先っぽくらいは折れているかもしれない……」

ジェスチャーを交えて迎え撃った状況を説明すると、樹はポットを元の場所に戻した。

「丁度いい所に角材が落ちてて本当によかった。もっとぶちのめしてやればよかったのに」

「まあね……でも、やりすぎて面倒なことになるのはマズいだろ」

「当然の報いだ」

「それは……僕もそう思うけど」

力を抜いて同意すると、樹は一応溜飲《りゅういん》が下がったのかソファに座り直した。

そして一つ息をつくと、真剣な表情で訴えた。

「日本じゃない。妙なヤツも多いから気をつけろ」

尤《もっと》もな忠告に頷くと、様々な悔恨が湧き上がってきて再び気分が沈む。

「秋人は多分、目をつけられやすいというか……」

「……僕、そんなにぼーっとして見える？」

力なく笑うと、「そうじゃなくて……」と言葉を濁す。

「おまえ、顔もそうだけど、雰囲気とか柔らかくてきれいだろ。どうにかしたくなるやつは……多いだろうなと……」

意外な好印象を持たれていたことに驚いて瞬くと、樹は渋い顔をした。

「それに、世間には男が好きな男ってのは一定数いる。へんなのに声かけられても無視しろ。あとは……そうだ。手、出して」

戸惑いながら両手を差し出すと、樹は左手を取った。

そしてジーンズのポケットから取り出した指輪を、僕の薬指に嵌める。

「返すの忘れてた」

そう言って自分も当たり前みたいに、左の薬指に揃いの銀の輪を嵌めた。

これはモロッコに着いてすぐに外すように言われた指輪だ。

「必要ないから外せって言ったんじゃ……」

「違う、モロッコでは同性婚は禁忌《きんき》扱いで、ばれたら面倒なことになる可能性があるから預かっただけだ」

「……そう、だったんだ」

そんな理由があったのかと驚き、もうひとつ思い当たる節に気づいた。

「もしかして、突然兄弟を装ったのもそれで？」

「パスポートの苗字《みょうじ》が同じだろ。念のためそのほうがいいかと……そういやその辺の説明してなかったな……悪い」

樹も自分の不手際に気づいて頭を掻く。あの時の行動にようやく合点《がてん》がいった。

「スペインはその点については問題ないし、指輪をしていれば抑止力になるだろ。へんなやつに絡まれたら見せて、牽制《けんせい》しろ」

そういう使い方は考えたこともなかったと、納得しながら自分と樹の左手を眺めた。

「こうして見ると、本当に結婚したみたいだ」

素直な感想を述べると、「だから、してるんだって……！」と、樹は唸る。

実感は今も殆どないに等しいが、確かにそれも間違いじゃない。

「そうだ……明日ってどういうルートか教えてくれる？」

樹はまだ何か言いたげな表情をしていたが、バックパックから地図を取り出すと、僕の前に広げ、ペンを片手に今滞在しているグラナダに印をつけた。

「予定では、ここからコルドバに向かって、そのあと、トレドとマドリードっていう王道ルートを辿るつもりだった……でも予定を変えて、少し休憩しようかと考えてる」

「休憩？」

「忙しないと疲れるだろ。だから明日はゆっくり過ごす日にする」

「旅行に休憩って、不思議な気がするけど……」

「そうか？　人間、動きたくない時ってあるだろ？　疲れてたら楽しめないし、おれも一人旅の時は、気が乗らなければホテルで寝るだけの日とか作ってたし」

確かに、長い旅行なら合間に休日を設けるのもいいかもしれない。

「トレドは日本でいう京都みたいな感じで見どころはたくさんある。マドリードも都会だけど治安がな……それに海から離れる。今の時期、こんなに海がきれいだと思わなかったから、実は少し勿体《もったい》ない気がしてる」

「それ、僕も考えてた」

スペインに着いてから、ずっと海沿いの道を進んでいたが、視界に飛び込んでくる海は驚く程青く美しく、いつまでも眺めていたくなる魅力があった。

「マラガの海はきれいだったよね。コスタ・デル・ソル……って言うんだっけ？」

「そう、太陽海岸な。じゃあ海沿いに進む方向でルートを変えてもいいか？」

頷くと、樹は地図とスマホを駆使してしばらく真剣に悩んだ後、僕に地図を差し出した。

「少し強行軍になるけど、こういうのはどうだ」

グラナダから大きく右上に指を動かす。示したのは海沿いのバレンシアという街だった。

「海沿いのきれいな街だし、都会だけど治安もいい。それにオレンジジュースがめちゃくちゃうまい」

その街の名を冠したオレンジを、確かに耳にしたことがある。

「ただし距離が離れてる分、移動時間が長い。だからまず今日はとにかくゆっくり寝る。チェックアウトもギリギリまで粘って、その後はコインランドリーに寄ったり、街でゆるく観光して、夜になったらバスに乗る」

「夜って……もしかして、夜行バス？」

「そう。約八時間の長距離移動になるけど、寝て起きれば、バレンシアの海を拝める」

初めての経験に俄然《がぜん》期待が高まり、その提案に力強く賛成した。

それから僕と樹は明日の計画について熱心に話し合った。ふたりで歩いた軌跡の分だけ書き込みで埋まる地図を、嬉しく感じたのはなぜだろう。


その日、順番にシャワーを浴びて、眠る段階になってようやく重大なことに気づいた。

「そういえば、ベッドがひとつしかないね……」

もう随分遅い時間だし、すでにホテルの備品や設備を使ってしまっていた。今更間違えました、と言ったところで部屋を変えてくれるとは思えない。

「広いし、二人で並んで寝ても余裕がありそうだけど」

樹も気にしないだろうと思ったが、意外にも神妙な表情で押し黙っている。

もしかしたら睡眠時のパーソナルスペースに関して彼は、繊細な一面を持っているのかもしれない。

「なんなら僕がソファで寝るよ」

「いい。おれも気にしないから」

腹をくくったように溜め息をつく樹は、寝巻き代わりのTシャツにハーフパンツを身に着けていた。

僕の場合は、今日のアクシデントで着替えに余裕がなかった。あの事件で汚れてしまった服にそのまま袖を通す気にはなれない。出来れば一度洗いたい。なのでバスルームに置いてあるガウンを着て眠ることにしたのだが、着てみると信じられないくらい肌触りが悪くて、迷ったあげく、樹に確認することにした。

「あの……この状況でなんだけど、脱いでいいかな」

すると樹は表情をこわばらせ、ぎこちなく振り返る。

「ハァ……？　駄目に決まってるだろ、何で脱ぐんだ！」

「生地がごわついて、寝られそうにないから……」

「柔肌か……！　じゃあ、どうするつもりだ」

「どうって、裸で寝るよ。だから一応断ってるだろ」

「バッ……おまえな、少しは恥じらえよ！　他にないのか」

「手持ちは明日の着替えの分しか……他のは洗いたいから」

それを聞いた樹は狼狽えた様子で部屋の中を歩き回った後、おもむろに自分の荷物の中からTシャツを取り出し、僕に押し付けた。

「それ着て寝ろ、いいな」

「気にしなくていいのに」

「おまえな……そういうとこだぞ!」

樹の圧力に押されるまま、渡されたTシャツに袖を通す。自分の衣服とは違う柔軟剤の匂いに、落ち着かない気持ちになったことは黙っていた。

その後、僕たちはひとつのベッドに収まった。

といっても大きなベッドなので、互いに充分なスペースが確保できたし、窮屈《きゅうくつ》さは微塵も感じない。それでも親密な誰かとすら、こうやって並んで眠った記憶が殆どないので、へんな感じがした。

電気を消してからいくら時間がたっても睡魔は訪れない。樹も落ちつかないのか、背中を向けたまま小さく身動きを繰り返している。

「……樹」

声をかけると、やはり眠れないのか、呼びかけに応じるように身体が動いた。

「起きてた?」

「ああ。……そっちは」

「ぼちぼち寝ようと思ってるけど」

「なんだそれ」

囁くように笑う声は柔らかい。

「色々あって疲れてるんだけど、頭の中が冴えているというか……」

言葉にしてみるとまさにそんな状況だった。だから、いつも気持ちを落ちつかせたい時にするように、心臓の上を、とん、とん、と、指先で静かに打った。

「それ……」

樹に目を向けると、微かな明かりの中、ほんの少しだけ身体を起こして僕を見ていた。

「ああ……こうすると落ちつくんだ」

一定のリズムは心臓の鼓動に似ている。

「昔、誰かに教わって、それからずっと、癖になってて……」

「おれが、してやろうか」

疑問を声に出すより先に、樹は僕に近づく。まるで添い寝をするような距離感につい身構えてしまう。

「嫌だったらすぐ言って」

一言断ると、長い指が思いのほか優しく僕の心臓の上を一定のリズムで打ちはじめた。

嫌だとは微塵も思わなかった。それどころか。二回ずつ脈動のように打つそれは不思議と懐かしくて自分でするよりしっくりと胸に響く。

「どうだ？」

「うん、悪くない、かな」

褒めると、ふ、と息だけで笑う気配が返ってくる。その距離が本当に近い。改めて認識してしまうと自分の腕の置き場にすら戸惑った。

「眠れそうか？」

小さく頷く。樹の指から伝わる振動は本当に落ちつくので、そのうち眠ってしまうのは目に見えていた。

「そっちこそちゃんと寝ないと、明日が辛くなるよ」

「ぼちぼちな」

「きみが睡眠不足になったら、僕が路頭に迷うんだぞ」

念を押すと、樹は唐突に腕を伸ばし抱きついてきた。他人の重みと体温に、反射的に息を詰める。

「樹、なに」

「罰ゲームだ」

「はぁ？　何だよそれ」

しどろもどろに押し返すが、樹は離れようとしなかった。

「今日何も言わずにいなくなっただろ。だから罰ゲームってことで抱き枕になってもらう」

そう言われると返す言葉がない。おまけに樹の声が眠そうだったから、押し退けるのは気が引けて、腕の力を緩めた。

「秋人、おまえあったかいな」

人間とは大概そういうものだ。なのに樹は不思議なことみたいに呟く。

こんなふうに誰かとくっついて寝るなんて変な感じがした。同時に寄り添うことで生まれる安心感に戸惑う。

罰ゲームのはずなのに、僕はいつの間にか安らかな気分で眠りについていた。


胸を打つリズムを懐かしく感じたせいか、昔の夢を見た。

それは僕がまだ両親を失った悲しみから立ち直る方法も、自分の居場所もわからずにいた頃。伯父たちと向かった避暑地の別荘で、気の合う友達と過ごした夏休みの記憶だった。

その頃の僕は、悲しみをうまくコントロールできなくなっていた。

思考が一部欠落したような状態で幾日も過ごしたかと思えば、突然怖くて寂しい気持ちが溢れて、呼吸が苦しくなることがあった。幼いながらに防衛本能が働いた結果なのかもしれないが、対処法がわからなかった。

その日は、なんとなく興味を引かれて迷い込んだ雑木林の中で、突然息ができなくなった。

小さくうずくまりながら、このまま死んでしまうのではないかという恐怖に必死に抗っていた時、偶然、僕を見つけてくれたのがその友達だった。

「どうしたんだ、大丈夫か？」

どこから現れたのか、唐突に顔をのぞき込んできたのは僕と同じ六、七歳くらいの男の子で、心から心配そうにしてくれたから、縋るような気持ちで首を横に振った。

するとその子は「息を吐け！」と、僕の背中を力任せに叩いた。

痛みと驚きで「ふはっ」と息を吐くと、今度は「吸え！」という。それを繰り返すよう、声をかけ続けてくれた。

言うとおりにしているとそのうち呼吸が整って、僕は落ち着きを取り戻した。

「もう大丈夫だぞ」

そう言いながら彼は僕の心臓の上を、小さな指でトントン、とリズムを刻むように優しく叩いた。

これはなんだろうと首を傾げると、「母ちゃんに教わった。緊張した時のおまじないだって。効く？」

緊張してるわけじゃなかったけど、不思議と落ちつくそれに頷くと、彼はほっとしたように笑った。

僕はたったそれだけでその子を心から信頼したし、好きになった。幸いにも彼も僕を友達だと認識してくれたらしい。

聞けば夏休みの間だけ、近くの祖母の家に遊びに来ているのだという。僕も似たようなものだと告げると、その日から当たり前みたいに連れ立って遊ぶようになった。

避暑地の別荘というのは、子供にとって周囲の環境すべてが遊び場で、草原や小川の近くで虫や魚を追いかける日もあれば、近くの図書館で涼をとりながら、夢中で図鑑を読んだりもした。

その友達といる間だけ、自分には特別不幸なことなど起きていなくて、普通の子供のままでいられる気がしたし、二人でいると何でもできると思えた。

僕が両親を亡くした悲しみから立ち直ることができたのは、間違いなく、その友達と過ごした時間のおかげだ。

こんな日がずっと続けばいいと願ったけれど、夏休みは永遠じゃない。楽しい時間ほどあっけないもので、僕たちには当然別れが待っていた。

僕の方が寂しがっていると思い込んでいたけれど、別れの前日、先に大声で泣いたのは友達のほうだった。

いつも元気で明るい彼が火がついたみたいに泣きだしたので、すごく驚いた。

「ねえ、大丈夫だよ、また会えるよ」

「またじゃなくて、ずっとがいい！」

「もちろん、ずっと友達だよ？」

「だけど、明日から会えないだろ、そんなの嫌だ！」

いつも僕を励まし、勇気づけてくれた彼が初めて弱音を吐いたので、僕はどうにかしなければと必死に考えて、一つの案を思いついた。

「じゃあ僕と家族になろう。そしたらずっと一緒にいられるよ」

それは子供ながらに名案だと思ったし、友達もすぐに賛同してくれた。

「でもどうすればいいんだ？　父ちゃんに頼んで一緒に暮らせるようにしてもらえばいいのかな」

「もっと簡単な方法がある。僕と結婚しよう」

父と母は他人だったけど、結婚したから家族になった。もし家族になりたい人が現れたら絶対に躊躇うなと、両親から強く教えも受けていたのだ。

「ケッコンて、男同士でできるのかよ？」

「この間映画で見たけど、海外ではできるんだって。それに母さんが結婚は好きな人としなさいって。ぼくはきみのことが好きだから……あ、でも、きみは？」

微かな不安を胸に尋ねると、友達は照れくささを押し殺すように答えた。

「す、すき、だけど」

「じゃあ大丈夫だね」

嬉しくて笑うと友達は目を瞠り、急激に顔を真っ赤にした。

「ほ、ほんとに？　おれでいいのか？」

「うん」

「いつするんだ？　いま？」

「大人にならないとだめだから……ええと」

「大人ってハタチ？　……長いよ！」

「それが……伯父さんがコンインを結ぶテキレイキは最低でも二十四歳だって言ってたから……」

「二十四歳っていつだよ……！　そんなに待てないよ！」

またもや絶望に泣き出す友達をなんとか宥め、僕は約束した。

「大人になったら結婚しよう。家族になって一緒に暮らそう」

自ら盛大なプロポーズをしたくせにすっかり忘れていたのだから、僕はとても薄情者だ。

でも、子供の口約束にすぎなかったのだろう。送り合うと誓ったはずの手紙の返事は、結局一度も届かなくて、だから相手も覚えているわけがない。

目が覚めたとき、幼い約束が微笑ましくてつい笑ってしまった。大好きな友達と離れたくないと必死に足掻いた頃が懐かしい。

微睡《まどろ》みの中、もう一眠りしようと目を閉じたが、なんだか背中が熱い。

その熱から逃げようとしたものの、胴体をしっかりと拘束されていて身動きが取れない。

自分の身体に巻き付くものが何か、手で探り確認し、恐る恐る背後を振り返る。そして僕の背中に頭を押し付けるようにして眠る樹の姿に、力なくうなだれた。

本当に抱き枕にされている。暑くないのだろうか。それに、柔らかくないのだから抱き心地が良いわけがないのに。

仕方がなく樹の腕をゆっくりと外すと、すぐさま不満げに元の位置に戻る。

「……どこに行くんだ」

非難する声がしっかりと覚醒《かくせい》していたので、こちらも遠慮なく身動きした。

「どこって。起きるんだよ、朝だから」

「今日は昼まで寝る予定だろ」

「でもこれじゃあ、寝られないよ……暑いし」

「慣れろ」

どうやら腕を外すつもりは全くないらしい。

「なぁ……今までこんなふうに誰かと寝たことある？」

その質問は返答に困るものだった。

「……そんなこと、関係ないだろ」

暗に経験があるかないかと問われている気がして居心地が悪かった。逃げようと試みたが、さらに強くしがみつかれる。

「おまえ今、恋人とかいないよな？」

まだ訊くのかと呆れながら、こういう時は逆に質問してしまえばいいと気づいた。

「そっちはどうなんだよ」

「好きなやつはいる」

声を上げずに済んだのは、単に驚きすぎたからだ。樹に想いを寄せるひとがいると、この時初めて知った。

「片思いだけど」

つまらなそうな呟きに戸惑う。

「だとしたら、僕と結婚してる場合じゃないだろ？　早く離婚したほうが……」

途端、後頭部に強めの頭突きを食らった。

「痛っ！　何するんだよ」

「は。ざまあみろ」

樹は満足そうに呟くと再び僕を抱え直した。まるで長年親しんだペットを可愛がるような仕草だった。そして、再び安らかな寝息をたてはじめた。

近すぎる距離は落ちつかない。だけど、すぐ近くで心から気を許してくれる存在があることに、不思議と安心した。

慣れろと言われたけれど、こんな状況になることは二度とないだろう。樹に好きな人がいるなら尚更、早急に籍を抜いたほうがいいに決まっている。

こんなのは今日だけだ。そう考えた時、少し寂しいと感じた自分に驚いた。

情が湧いたのは、背中に伝わる温もりのせいに違いない。

一時的な関係とはいえ、僕らは結婚している。思い描くどんな姿とも違ったけれど、渇望してやまなかった「家族」の温もりが今、僕の隣に存在しているのは事実だった。

寄り添う身体がとても温かいから、寂しくなっただけだ。

それなのに僕は自分の身体に巻き付く腕に、無性に触れたくなってしまった。


結局その日は樹の宣言通り、昼まで寝て過ごした。

しっかり休んだおかげで頭はすっきりしていたし、身体もこの旅始まって以来、最高に軽い。

「腹減ったな」という樹の何気ない言葉に頷く。

「昨日の料理の店って近いんだっけ」

「ああ、ほんとにすぐそこ。二軒隣くらい」

「……行ってみようか？」

提案すると樹は嬉しそうな表情で、意気揚々と頷く。この日はそんなやりとりを嬉しいと感じながら始まった一日だった。


ホテルを出て美味しい昼食を思う存分食べた後、昨夜相談した通り、街のコインランドリーでのんびりと着替えを洗った。

その後は、世界一気楽な旅人みたいな気分で街を散策して歩いた。

アルハンブラ宮殿に近づく気にはなれなかったので、じっくりと街を見て回ることにした。

イスラムの気配が残るグラナダの都市構造は、どこかモロッコに似たエキゾチックさを纏っていたし、観光名所のカテドラルや市場も、訪れてみればかなり見ごたえがあった。

おまけに樹が時折呟く感想は独特で、金の装飾が施された教会の祭壇《さいだん》を見て「うちの仏壇より豪華だ」とか、哀れみを浮かべる天使の像を、「親父が腹痛で苦しんでる時の顔に似てる」などと言う。不謹慎だと思いながら笑いを堪えるのが大変だった。

おかげで、昨日起きた忌まわしい事件に、いつまでも囚われずに済んだ。

これまでもいろいろなアクシデントに見舞われたものの、引きずらずにいられたのは間違いなく樹のおかげだ。だから、何かお礼をしたかった。

その日、街角のカフェのテラス席で、時間をかけて夕食を食べながら、僕はひとつの提案をした。

「樹、何かほしいものとかある？　もしくはやりたいこととか」

脈絡のない質問の意図を探るように、樹は怪訝そうに眉を寄せる。

「何、急に」

「世話になってばかりいるから何か返せないかと思って。といっても特技は居合と茶道くらいだし……そうだ。日本に帰ったらお茶でも立てようか？」

僕の提案に、樹は感心した様子で呟く。

「秋人って深窓の箱入りだよな。育ちがいいっていうか……」

「伯父の教育方針だっただけだよ。自分でやりたくて選んだわけじゃないから」

「でも、今も続けてるってことは、好きなんだろ？」

どうして知っているんだろうと疑問に思いつつ、その通りなので頷く。

「やってみたら性に合ってて、なんとなく通ってる程度だけど……お茶も最近では教えてくれていた先生が、茶会を開く時に呼ばれる程度だから」

「着物、着るのか」

「一応。……ほら、この時とか」

 つい先日茶席に呼ばれた際、記念に撮影した一枚をスマートフォンの画面に表示して見せると、樹は僕の手からそれを奪い取り、穴が開きそうな勢いで眺めた。

「……和服っていいよな」

「……え？　うん、まぁね」

呆けたような呟きに同意すると、樹は突然自分のスマートフォンを取り出し、僕のと並べて勝手に操作しはじめた。

「樹、何して……」

「連絡先交換。まだしてなかっただろ、この先何があるかわからない、備えあれば憂いなしだろ」

棒読みで答えながら、操作する勢いは止まらない。

「だからって、人の物を勝手に……！」

取り返そうと手を伸ばすと、ぐいと肩を引かれた。驚く間もなく、樹は高々とスマートフォンを掲げ、「はい、チーズ」と抑揚のない声で言った。

響くシャッター音。そして樹は画面を確認し、満足そうに笑う。

「旅行中に一枚も撮らないってのもへんだろ。それに、今はこれでいい」

そして僕にスマホを返却すると、おもむろに立ち上がる。

「トイレ行って来る。勝手にいなくなるなよ」

意地悪く忠告され、さすがにこの状況でそれはないと睨みつけると、樹はにやりと笑い、カフェの店内に消えた。

その様子を見送り、取り返したスマホの画面を開く。メッセージアプリには一件の受信表示があり、確認するとたった今、連絡先を交換したばかりの樹から写真が送られていた。

そこには楽しげな樹と、驚いた表情の僕が並んで写っている。

自分の間抜けな表情を後悔したが、これが「家族写真」なのだと気付くと、急に特別なものに思えた。

昨日の夜樹がかけてくれた言葉は、同情から出たものに違いない。だとしても、僕にはとても嬉しい言葉だったことを今更実感してしまう。

その時、「失礼ですが、道を尋ねても？」と、突然英語で話しかけられた。

見上げるとそこには、青い目に金色の髪をした見知らぬ白人男性がいた。こざっぱりとした服装と使い込まれたバックパックという出で立ちを見ると、彼も旅行者かもしれない。

西洋の人は、堂々とした態度と華やかな表情のせいか、実年齢よりも上に見えることがある。最初はその人も年上に見えたが、困った様子で肩を竦めながら地図を差し出す姿を見ているうちに、もしかしたら同年代かもしれないと思った。

「ここに行きたいんだけど、どこも同じ道に見えて困ってるんだ。携帯も電池が切れて、おかげで現在地もわからなくて」

彼の英語は少し癖があるものの聞き取りやすかった。

僕は地図アプリを起動し、現在地を地図と照らし合わせて見せた。

「今僕たちがいるのがここだから、次の路地を右に行けばいいんじゃないでしょうか」

地図上で行き先を示すと、彼は安堵の笑顔を浮かべた。

「なるほど、助かったよ。グラッツェ」

イタリア語が混ざるということはイタリア人なのだろう。

僕は当たり障りのない返事を返し、彼はその場を立ち去る……と思ったのに、その人は湖のような青い目でじっと僕を見つめた。

まだ何か聞きたいことでもあるのだろうかと困惑していると、彼は躊躇いながら口を開いた。

「妙なことを訊くけど、ぼくたち先週会ったばかりだよね？」

「………会ってないと思いますけど？」

記憶を辿っても覚えはない。先週なら日本にいたのだから、会っているとしたら仕事関連だろうか。しかし該当《がいとう》する人物は思い当たらない。

それなのに彼は、「いいや、絶対に会ってる」と断言すると、少し前まで樹が座っていた椅子に勝手に座り、あまりにも自然に僕の手を握った。

「夢で会ったのを忘れたの？」

熱のこもった瞳とその言い回しに、咽の奥から変な声が出た。

ナンパだ。

なぜ……道を聞かれて教えただけでこうなってしまったのかわからない。

とはいえ早急にお引き取り願うのが一番なので、握り込まれた手を力ずくで引き剥がした。

「会ってないし、そんな夢も見てません」

普通ならこれで終わるはずだが、僕はイタリア人のポテンシャルの高さを甘く見ていた。

「じゃあ今夜見るのかも。ぼくが先にきみの夢を見たのは、こうして出会うためだったとしたら？　ＳＦみたいですごく運命的だと思わない？」

前向きすぎる理由をこじつけてきたことに絶句していると、彼は再び僕の手を握ろうとした。しかし、どうにかそれをかいくぐり、伝家の宝刀とばかりに左手を突き出して見せる。

「だとしても僕にはツレがいるので、違うと思います！」

これが目に入らぬか、と薬指に嵌められた指輪を掲げると、イタリア人ナンパ男は悲しげな表情で身動きを止めた。

「恋人？　それとも……結婚、してるの……？」

「そうです」

事実なので強く頷く。これで諦めてくれるはずだ。だが次の瞬間、「なんてことだ……！」と、苦渋に満ちた呻きを上げて、彼はテーブルに突っ伏した。

振動で、上に乗っているグラスや食器が激しく揺れるのを慌てて押さえる。

「あの……大丈夫ですか？」

「全然大丈夫じゃないよ！　……運命ってなんて残酷なんだろう……！」

彼はそれから延々と僕と出会ったタイミングについて神に訴え続けたが、一瞬でここまでテンションを上げたり下げたりできるなんて、もはや特技だと思う。

早くどこかへ立ち去ってくれないかなと祈っていると、男は放置されて寂しくなったのか、唐突に顔を上げた。

「……本当にごめん。こんなに悲しいことって、殆ど経験したことがなくて。先月弟と喧嘩して以来だよ」

「意外と最近みたいですけど……？」

「そうとも言えるね。それで、悲しいことから立ち直る時、母直伝のパスタを食べないと元気が出ないんだけど、よかったらこれから一緒に食べない？　腕によりをかけて作るから」

「結構です」

「じゃあデザートならどう？　きみは日本人だよね？　お米を使ったアロス・コン・レチェってスイーツがあって、美味しい店を知ってるから今から行かない？」

「行きませんってば」

「困ったな。じゃあ、一体どうすればきみとデートできるの？」

この人、メンタルが強すぎる……！　しかもほんの一瞬の隙をついて再び僕の手を握り込むのだから一筋縄《ひとすじなわ》じゃいかない。

心底困惑していたその時。

「おい離れろ」

背後から重圧を感じさせる声がして、救われた気持ちで振り返った。そこには樹がいて、イタリア人に対し、「どいてくれ。そこ、おれの席だから」と、静かな口調で牽制した。

あれほど強引だったナンパ男は、その一言に肩を竦めて立ち上がる。

「ごめんごめん、きみは彼の友達？　それともお兄さん？」

アミーゴ、エルマノ、プリモ、などと、覚えたてのスペイン語を披露《ひろう》するように、陽気に関係性を問う。そんなイタリア人に樹は静かな目を向けた。まだ名残のように僕の肩に置いてある手を、溜め息とともに引き剥がす。

「悪いけど、おれはこいつのオレンジの片割れだ」

その不思議な言い回しを、つい最近もどこかで耳にした気がする。

たった一言が与えた効果は素晴らしかった。もしかしたら、樹が身に着けている僕と揃いの指輪の存在に気づいたのかもしれない。

イタリア人はそれまでの陽気さを引っ込めると、「なるほど、それは残念……」と寂しげな笑顔を浮かべ、あっさりと立ち去って行く。

「……今の何」

隣に座り直す樹の声は低い。

「……ナンパかな」

「かな、じゃない。どう見てもそうだろ、熱心に絡まれやがって」

「会話が全然成り立たなくて、だから」

困っていたから助かったと感謝を伝えようとしたが、樹は厳しい表情で僕を睨んだ。

「おまえさ、誰にでもふわふわしてみせるから、へんなのに絡まれるんだぞ」

きつい口調に驚いて言葉を失う。

「そんなつもりは……」

「愛想がよすぎるし危機感が足りない。坊ちゃん育ちで世間知らずなのはしょうがないけど、誰にでも無意味に笑いかけるな」

立て続けに指摘された内容に、ぐさりと刃物を突き立てられたような感覚を覚えたが、今の対応に関して言えば僕に落ち度はないはずだ。

「はっきり断った。向こうが強引だっただけで……」

「どうだかな。それとも相手選んでるのか？　おれには最初つんつんしてたもんな」

「はぁ？」

やけに煽る言い方にさすがに苛立つ。

「変なこと言うのやめろよ」

「じゃあなんで手ぇ握られてるんだよ、かわせよ」

「かわしたよ！　それに樹の場合は自分のせいだろ」

「……なるほど」

反論が気にくわないのか、樹の不穏な気配がさらに色濃くなるが、聞く耳持たない様子に怒るよりも悲しくなった。

「じゃあ勝手に疑っていればいい。昨日僕があんな目にあったのも全部自業自得だって、そう思ってるんだろ」

「……そこまでは言ってない」

「どうかな」

嫌な言い方をした自覚はある。樹もそれ以上は反撃をせず、決まりが悪そうに黙り込んだ。

結果、それまでの楽しかった時間など存在しなかったように、ぎこちない空気が流れた。

こういう時は、物理的な距離を取るのが一番いい。頭を冷やせば、互いに折れるべき部分を見つけることができるから。

でも旅行中、ましてや二人旅となると、そうもいかない。

夜十時発の夜行バスに乗るまでの時間を、とてつもなく長く感じた。

最初の飛行機での状況と似ていたけれど、決定的に違うのは、僕らが友達と呼べる程度には親しくなっていたことだ。

冷戦を継続しながら夜行バスのシートに身体を沈める頃には、どちらともなく声をかける切っ掛けを探していた気がする。だけど車内の灯が消えて乗客達が寝静まると、そのタイミングも見失い、背もたれを倒して眠る体勢を整えるしかなかった。

動き出した車窓に目を向けると、景色が色を失ったように味気なく見えた。

目が覚めた時にはもう少しマシに見えればいいと願いつつ、肌寒さを無視して目を閉じた。

翌朝目が覚めたのは、バス特有の強い振動のせいだった。

車内はまだ薄暗く、カーテンの隙間から見える外の様子も夜のままだった。時計を確認すると、朝六時より少し前を指している。この旅の中で最も早起きしたおかげで、スペインの街並みの夜と朝の狭間を見ることができた。

車内には静寂が漂っているものの、乗客達は少しずつ目を覚ましはじめているらしい。控えめな息遣いが漂う車内の空気を心地よく感じていると、隣で小さなくしゃみが聞こえた。見ると樹がまだ半分眠りながら、腕をさすっている。寒いのだろうか。自分はそうでもないことを不思議に思い、ようやく僕の身体に、樹のパーカーがかけられているのに気付いた。

寝ている間、寒くないように気遣ってくれたのだろう。そのせいで自分が震えているくせに……。

せめて今からでもと、樹の身体をパーカーで覆ってやると、ふと開いたその目が僕を見て柔らかく笑う。たったそれだけで、意地を張っているのが馬鹿みたいに思えた。

ほどなくして車内に到着間近のアナウンスが流れ、乗客達が身体を起こしはじめた。閉じられていたカーテンが次々に開くが、窓の外には太陽の片鱗《へんりん》すら見当たらない。夜明け前の街はまだ静かに眠っているように見えた。

到着したバレンシアは、今まで訪れたどの街よりもヨーロッパらしい印象を受けた。

早朝すぎて人の気配の感じられない街の片隅でバスを降りると、乗客達は足早にそれぞれの目的地へ散っていく。中にはターミナルの待合室で朝を待つ人もいた。

「僕たちはどうする？」

できるだけいつも通りに話しかけた。樹も暗い街を見回しながら、ぎこちなく口を開く。

「……海に行ってみるか。運が良ければ朝日が見られるかもしれない」

こんな早朝では他に行く当てもない。ここにいるより移動したほうが時間を潰せるだろう。

幸い、僕らの間の不穏な空気は、一晩置いたおかげで多少和らいでいた。微かに残るぎこちなさを消すにはどうしたらいいんだろうと考えながら、スマートフォンで海までの距離を調べる。

「けっこう遠いね……タクシーに乗った方がいいかな」

「この時間ならもう電車が動いているはずだ」

そう言うと、樹はまだ暗い街の片隅に口を開けた地下への階段を、躊躇うことなく降りていく。

ホームにやってきたのは、地下鉄にしては可愛らしいフォルムの車両だった。

乗り込むと中は意外に広く、時間帯のせいか乗客は殆どいない。車窓は地下の暗闇で覆われていたが、しばらくすると微かに明るみはじめた街並みに変わる。

「あれ……？　地上に出た」

「地下鉄というよりは市電なんだ。街の真ん中だけ地下を通ってる」

相槌を打ちながら目を向けた先に、海が見えた。

ほどなくして海岸に最も近い駅で電車を降りると、まだ夜明け前だというのに海沿いの遊歩道には人がいて、ランニングや散歩を楽しんでいた。

それを眺めながら、遊歩道の向こう側の広大な砂浜に足を踏み入れる。

広過ぎるビーチは波打ち際にたどり着くのも一苦労だったが、押し寄せる波と海原を目にして、思わず言葉をなくした。

濃紺の空の端が少しずつ明るくなっていく。その下に広がる水面はあまりにも雄大だった。

きっとこの海は、いつもと同じ姿をしているだけなのに、僕には今まで見たどんな海よりも特別なものに感じた。きれいだ、という一言では到底言い表せない。強い感動が胸を打つ。

僕たちはどちらともなく砂の上に腰を下ろし、何も言わずに海を眺め、波の音に耳を傾けた。

刻一刻と空の色が明るくなり、ついに朝日が水平線から顔を出した時、自然と感嘆の声を上げた。

清々しい朝の光が、身体をじわりと温めはじめる。同時に頑なだった気持ちが解けて、素直な感想が口をついた。

「きれいだね」

樹は頷く。

「来てよかったな」

その言葉に今度は僕が頷く。

あまりにも美しいものを見たせいで毒気が抜けた。意地を張り続けることも、微妙な空気のままでいることも改めて無意味に思えて、僕は思い切って問いかけた。

「樹、もう喧嘩やめないか？」

すると樹は、軽く顔をしかめて悪態をつく。

「おまえが勝手に口きかなくなっただけだろ」

「きみ、煽るのが上手いんだよ。それに腹が立ったのは本当だし」

「時々生意気なこと言うよな……でも同感。勿体ない」

まさにその通りだった。この太陽の下で仲違いをし続けるなんて、勿体なさすぎる。

「協定を結ぼう。昨日のことは互いに誤解がある。ここで水に流そう」

すると樹は、一瞬考え込むように目を細めて、僕を見た。

「受け入れる代わりに謝罪を要求する。そもそも変なヤツにナンパされたのは事実だろ、その分おまえに非がある。不足分、スペイン式で返してもらう」

「……スペイン式って、どんな？」

聞いたことのない方法について尋ねると、樹は目を閉じ、自分の唇の横を指先で示す。

「このへんに、こう……あれしろ」

そんなことでいいのかと瞬く。

「わかった」

僕は身を乗り出し、樹が示した一点に向けて、デコピンの要領で思い切り指先を弾く。

次の瞬間、「痛っ！」と声を上げ、樹はのけ反った。

「違うだろ、おまえ……ふざけるなよ！」

本気で怒っているということは、今の方法ではなかったらしい。

「じゃあ何？」

戸惑う僕に、樹は不満を露に詰め寄った。

「決まってるだろ、このへんにキスしろ！」

低い声で命じられ、呆然と首を横に振る。

「なんで？　意味がわからない……もしかして、まだ寝ぼけてるんじゃ……」

「スペインでは、喧嘩した後はキスで解決ってのが常識だ」

「なんて文化だ……馴染めそうにない」

あまりにも衝撃的な常識に驚いたが、樹は引き下がらなかった。

「とにかく、今ある選択肢はふたつだ。キスして解決するのか、しないのか」

腕を組み、僕に選択を委ねるように、もう一度目を閉じる。

おかしな要求だ。スペイン式だとしても、こんなことを僕にされて嫌じゃないんだろうか？

――大体、好きなひとがいるくせに。

ふいに浮かんだ考えに動揺した。気にする必要なんかないと、慌ててそれを振り払う。

これは譲歩だ。押し問答に疲れただけ、言い争うのは不毛だし時間が勿体ない。樹の希望通りキスしてしまったほうが楽なだけで、それ以上の意味などないはずだった。

だからその形の良い唇を目がけ、覚悟を決めて顔を近づけた。

だが柔らかい感触に狼狽え、すぐさま離れる。

「……これで、文句ないだろ」

動揺をひた隠しながら呟くと、樹は驚いたように目を見開き固まる。その様子に苛立ちを覚えた。

「自分でしろって言ったくせに……そんなに引くなんて失礼だ！」

「いや。……口に、されると思わなかったから……」

指摘されてようやく、とんでもない失態に気づく。

樹が示した場所は唇というよりは、少し横にずれた頬の部分だった。痛恨の勘違いに全身の血が沸騰《ふっとう》したように熱くなる。

「ごめん、間違えた……！」

火照《ほて》った顔で謝ると、樹はおかしくてたまらないといった様子で笑いだした。

「おまえ、どっかぬけてるよな」

この場合、笑って許してくれることを喜ぶべきだ。こんな馬鹿げた間違い、普通だったらするわけがないのに。

「まあいいや。じゃあこれでチャラってことで。まず今日の拠点を確保して、その後、朝飯食おう」

時計を見ると、朝の七時半を過ぎていた。

促されるまま、服についた砂を払い、立ち上がる。

樹が何を食べたいかと質問する声に冷静なふりで返答しながら、僕はいつまでも引かない頬の熱を、どうにか冷まそうと必死になった。


今日はまだ宿を決めていなかったが、ビーチの近くに手ごろな値段のホテルがあることを知り、直接行って交渉を試みた。

夏が終わりかけたこの時期は、バカンスが一段落した閑散期に当たるらしく、フロントで対応した陽気な男性は、僕らを大歓迎してくれた。

「ウェルカムだよ！　部屋なら空いてるから今から好きに使っていいし、今日の夜はそこのビーチでイベントもある、君たちはラッキーだね。なんなら海側のハネムーンルームも空いてるけど、どうする？」

ハネムーンルームってどういうことだ。この人には僕らがそんなふうに見えるのかと狼狽えていると、樹は笑いながら、「普通のツインルームで」と断った。

フロントの男性も「だよね！」と笑うので、どうやらジョークだったらしい。

真に受けた自分が悔しい。唇を噛むと、宿泊カードに記入し終えた樹が僕を小突いた。

「なんて顔してるんだ、どうせまた腹減ったんだろ」

「……べつに」

「荷物を置いたらすぐ朝飯にするから、もう少し耐えろ」

そういうわけじゃないという反論は、あえて飲み込んだ。

それにしても、朝から部屋を使っていいだなんて太っ腹なホテルだった。

宛てがわれた部屋もリゾート風の内装で、明るくて過ごしやすそうな印象を受けた。

「いい部屋だね、窓から海が見える」

「そうだな。街の中心部から少し離れてるけど……」

樹はスマホの画面に地図を表示させると、僕に向けて見せた。

「バレンシアの観光名所は中心部寄りだから、そっちで遊んで、最終的にここに戻ってくる流れでどうだ？」

画面をのぞき込み頷く。確かに立地を考えるとその方がよさそうだ。

「行きたい所とかある？　おれ、ここが気になるんだけど」

次に示された画面には、近代的な建築物が映し出されていた。白く美しいドーム型の建物は内部にプラネタリウムが、波打つ曲線を連ねた建物には欧州一の水族館が。他の特徴的な建物もオペラハウスや科学館などの施設になっているらしい。

「面白そうだね」

同意し顔を上げると、思いのほか至近距離に樹の顔があった。

予期せず見つめ合ってしまい、慌てて距離を取ろうとした時。

「もう一回する？」と、問われて目を見開いた。

もう一回？　何を？　途端、目の前にある唇がとても柔らかかったことを思い出す。ごくりと唾を飲んだ瞬間、樹は僕の額目がけてデコピンを放った。

「いっ……！　いきなり、何を……！」

あまりの激痛によろめく。苛立ちを露に問うと、樹は楽しげに笑う。

「さっきの仕返し」

無邪気な様子に無性に腹が立った。翻弄《ほんろう》された自分にも苛立ち、つい声が低くなる。

「頭がい骨にヒビが入った……尋常じゃないくらい痛い。脳震盪《のうしんとう》を起こしたらどうしてくれるんだ、馬鹿力なんだから加減しろよ……！」

「……おまえ、腹が減ると気性が激しくなるタイプだな。今すぐ飯食いに行こう」

そしてそのまま後ろから押し出されるようにして、街へと繰り出した。


ホテルを出てすぐのカフェで朝食をとりながらの作戦会議の結果、街を巡る大まかなルートが決まった。

バレンシアはスペイン第三の都市というだけあって見どころは多く、そのうちの一つ、さっき見た近代的なドーム型の建物を擁する地域は、名前を芸術科学都市というらしい。

整備された美しい川面の上に白い幾何《きか》学《がく》的なデザインの建物が幾つも連なる様子は、SF映画の世界に迷いこんだような錯覚に陥る。

著名な建築家が技術の粋を集めて作り上げたそれは、見ているだけでも楽しくて、「あの複雑な先端部分の施工手順て、どうやったんだろう」と、マニアックな疑問が口をついてしまう。

しかし樹も専門分野なだけあって興味があるのか「多分、仮の足場を三ヶ所組んで……」

と、独自の見解を語ってくれた。

好きなことについて二人であれこれと話すのが楽しくて、つい時間を忘れそうになり、急ぎ足で見学を終えて次の目的地に移動した。

街の中心部に向かうと、今度は歴史的な建造物や闘牛場などが至る所にあって、その対比がまた楽しかった。

巨大な中央市場に足を運んだ時、果物屋のジューススタンドで、この街に来たのならば外せないと、搾《しぼ》りたてのオレンジジュースを飲んだ。

「やっぱ美味いな。日本じゃこれ、なかなか飲めないんだよな」

樹は当然のように言うけれど、僕にしてみれば衝撃的な美味しさだった。

「神の飲み物だ……濃縮還元じゃないオレンジジュースって、すっきりしているのにこんなにも濃厚な味だなんて！」

「グルメレポーターか。まぁ、言いたいことはわかるけど」

ツッコミを受けながら、あまりの美味しさに夢中で飲んでいたが、ふと「オレンジ」という言葉から思いだした疑問を樹にぶつけた。

「そういえば、オレンジの片割れって何？」

途端、樹はジュースを吹き出した。

その慌てぶりに僕の方が戸惑うと、樹はばつが悪そうに口元を拭い、目を逸らす。

「さあ？」

明らかにしらを切ろうとしている。聞かれたくない質問だったのだろうか。とはいえネットで調べればいい話なのでスマホを取りだすと、樹に強奪された。

「没収」

「なんでだよ」

「さあな」

ふざけているわけではないらしく、そのままスマホをジーンズのポケットにしまい込んでしまう。

それとこれとは違う、と訴えたけれど聞いてくれない。頑なな態度には何か理由があるのだろうと目星をつけて、僕もそれ以上探るのはやめた。

「写真が撮れないだろ」

「俺が撮ったの、あとで送ってやるから」

それに、今日はとにかく始終楽しかった。そう思えたことが何よりも嬉しい。

全部、樹のおかげなのは間違いない。旅が終わったらやはりきちんとお礼をしたい。

自分にできることは少ないけど、日本に帰ったら、伯父と深山社長を説得して、結婚なんかしなくても協力しあえるように、橋渡しくらいはできるかもしれない。

それで樹が好きなひとと一緒になれるなら、僕もようやく少しは役に立てるはずだ。

なのにどうしてだろう。

そう考えた時はっきりと、来たるべき別れを寂しいと思ってしまった。


その日の夕食は、バレンシアの街角の程よく賑わった店で、とてつもなく美味しいパエリアを食べて、ビールを飲んだ。

他愛のない話をしながら路面電車に乗り、ホテルの近くの停留所で降りると、まだ夕暮れが始まったばかりの空と海が見えた。

この時期のスペインは日の入りが遅い。このまま帰るのも勿体ないと思った矢先に、どこからともなく賑やかな音楽が聞こえてきた。

「お祭り、かな?」

アップテンポの曲に興味を引かれ、音のする方へ足を向ける。

すると広大な砂浜の一画に本格的なステージが設置されており、それを取り囲むようにテーブルや屋台が展開されている。

「そういやホテルの人が、イベントがあるとか言ってたな……どうする?」

「寄り道しようか」

僕の意見に、樹も乗り気の様子で頷いた。

ステージの上ではバンドが数曲ごとに入れ替わり、演奏を披露していた。

カントリーっぽい音楽からハードロックまで、ジャンルは様々だ。

周囲にはたくさんの人がいて、音楽に合わせて身体を揺らしたり、酒を楽しみながら友人や家族と語り合っていた。時折吹きつける潮風も含めて、とても居心地がいい。

自然と肩の力を抜き、ゆっくりと辺りを見回していると、ほんの少し離れた場所に立つ樹が、僕に静かな眼差しを向けていることに気付いた。

その目には熱量があった。同時に、懐かしくて愛おしいものを見るような視線に戸惑う。

「樹？」

声をかけると「……ああ」と、我に返り目を逸らす。

「……何か飲む？　ビールとか」

曖昧に頷きながら、今の視線の意味を尋ねたくなった。だけどその質問が今日を台無しにしてしまうんじゃないかという気がして踏みとどまる。

この心地良い時間を、できるだけ長引かせたかった。だから普段それほど飲まないのに、延長時間を買うようなつもりで、手近な売店で小さな瓶のビールを調達した。

冷えたそれを一口呷る。疑問ごとまとめて身体の奥に流し込んだ。

「秋人は、ライブとか好きか？」

落ち着ける場所を求めて移動しながら、ふいに樹が尋ねてきた。

「それが、あまり行ったことがないんだ。樹は？」

「おれもそんなに経験ないけど……じゃあ今度、一緒にどこか、行くか？」

帰ったら、もう会わないものだと思い込んでいた。新しい約束に驚いて立ち止まると、樹も足を止めて振り返る。しかしタイミング悪く、すれ違う人とぶつかってしまう。

「っと……失礼」

樹は相手を地元の人間だと判断し、スペイン語で謝った。だけどぶつかられた方は不快さを隠そうともせず、剣呑な目つきで威嚇する。

「ハァ？　なんだって？」

まるで発音を馬鹿にするような嫌な聞き返し方だった。

相手は強面《こわもて》で気合いの入った髪形にロックなテイストの服装の三人組だった。スペインの不良といった出で立ちで、アクセサリーやピアスを体中に着けている。

ぶつかった男は明らかに酔っていて、丁度よく絡む相手を見つけたとばかりに樹に詰め寄った。早口のスペイン語は完全に聞き取れたわけじゃないが、「ぶつかっておいて、中途半端な謝罪してんじゃねえぞ」という内容のようだ。

しかし樹は怯むどころか相手よりも怒りを露に、

「空気読めよ、邪魔するな……！」

と切り返し、対峙する。彼らは見事に焚き付けられ、今にも掴みかかりそうな勢いで樹を囲み、真っ向からの睨み合いに発展してしまう。

これでは埒が明かないので、僕は樹の腕を引いた。

「樹、行こう。向こうで何か美味しいものでも食べよう」

僕の意見に耳を傾けてくれたのか、樹は剣呑さを多少収めて息を吐くと、踵を返す。

ほっとしたが、相手にしてみれば中途半端に煽られて、苛立ちが収まらないのだろう。背後から嘲笑交じりにけしかけてくる言葉が不愉快で仕方がないが、そもそも彼らと同じ土俵に立つつもりは毛頭なかった。

「時間の無駄だ、頭の悪い犬に吠えられたようなものだよ。行こう」

迷いなく言い切ると樹も溜飲を下げたのか、ようやく表情を緩めた。

だけど、酔っ払いというのは時々どうしようもないことをする。

嫌な笑いを浮かべた男の一人が、手にしていたビールの缶を、高く放り投げた。

それがゆっくりと弧《こ》を描きながら樹目がけて落ちてくるのを見た瞬間、僕の中で怒りが爆発し、咄嗟に身体が動いた。

樹を押し退け、落ちてくる缶を手にしていた瓶の胴で受け止める。軽く跳ね上がったところをすかさず地面に叩き落とすと、狙い通り、缶は深く砂浜にめり込んだ。

樹に当たらずに済んだ安堵に、大きく息を吐く。だが怒りは収まらず三人の男たちを睨み付けると、絶句した様子で立ちつくしていた。

遊び半分だとしても、やっていいことと悪いことがある。とはいえ、最初にぶつかったのは樹の方だし、これ以上ことを荒立てるのも面倒くさい。

だから僕は姿勢を正し、この件について幕を下ろすつもりで、居合仕込みの礼をしてみせた。

あとはもう立ち去るつもりだった。早急に場所を移して、さっきの話の続きがしたい。そう思って顔を上げると、なぜか彼らはまだ呆然としていた。それだけじゃない。周囲の人々までもが驚いた様子で僕を見ていた。

不思議な空気にぎこちなく辺りを見回すと、どこからともなく「ニンジャ……！」という単語が聞こえた。

「ジャパニーズニンジャ……！」

「本物だ……！」

なんて具合に辺りが盛大にざわつきはじめた。

「今の技、クールジャパンすぎるだろ！」

「もう一回やってみせてくれ、動画撮るから！」

さきほどまでの嫌な感じが掻き消えて、不良達が少年のように輝く瞳で寄ってくる。取り囲む人たちからは惜しみない歓声や拍手が送られ、アンコールなんて声まで聞こえた。

どうやら居合で培《つちか》った技術が、バレンシアの片隅に突発的なニンジャフィーバーを巻き起こしてしまったらしい。

僕の行動を、パフォーマンスの一種として喜んでくれた人たちには悪いけど、もう一度やれと言われてもできるかどうかわからない。

どんどん人が押し寄せて逃げ場を失い困っていると、背後から強く腕を引かれた。樹だと悟り、その手を頼りに、姿勢を低くしてどうにか人垣をくぐり抜けて逃げ出した。

太陽が傾き薄暗くなりはじめたビーチは、僕らを上手く隠してくれた。

広大なビーチは、行こうと思えばどこまでも行けそうだった。イベントの区画から遠く離れた波打ち際の岩場の陰まで逃げて、ようやく足を止めると、互いに息が上がり切っていて、呼吸を調えることに必死になった。

「……秋人、さっきの、なに」

「あいつらが、きみに、ちょっかいを、かけようとしたから、たたき落とした。おかげで、僕のビールは台なしだ、全部砂浜に消えた……」

ぜえぜえと息を吐きながら答えると、樹はたまらずといった様子で笑い出した。

「おまえ、かっこいいな」

称賛をありがたく受け入れ、僕もつられて笑う。

「よかった。あんないたずらで、きみが嫌な思いをしなくて」

呟くと沈黙が降りた。その意味がわからず樹を見ると、妙に真面目な顔で僕を見ていた。

「樹？」

それには何も答えず僕に詰め寄る。いつの間にか日は落ちて、空には大きな月が昇っていた。その明かりに照らされて、樹が違う人みたいに見えた。

真剣な表情に気圧《けお》され、つい後ずさると、開いた分だけ距離を詰める。そんなやり取りの末、岩場の隅まで追い込まれて逃げ道を塞がれた。

「樹、どうしたんだよ」

「おれが嫌な思いをしたって、秋人には関係ないだろ。どうして気にする」

そんなことを聞かれて単純に驚いた。

「きみが嫌な思いをするのなんか、見たくないに決まってる」

「それって、おれのことを少しは好きってことか」

「そうだよ」と、当り前に言いかけて口を噤んだ。

樹を嫌う理由はもうない。優しい言葉をたくさんもらった。

日本に帰ってからまたどこかに行けると考えたら嬉しかった。もっと話したい。一緒にいると楽しい。だけどそれをそのまま伝えることに戸惑う。

紐解《ひもと》いてみると僕の感情は、あまりにも恋に近かった。

咄嗟に顔を背け、当たり障りのない言葉を探す。

「その質問は、少し誤解を招くというか……」

「いいから答えろ」

　真剣な声にまたもや逃げ道を塞がれる。だからといって好きだと口にするのははばかられて、迷ったあげくに「嫌いじゃないって、前にも言っただろ」と、答えた。

　すると次の瞬間、唐突に伸びてきた手が頬に触れて、形のいい親指が僕の唇を撫でた。

「だったら、いいよな」

　何が、と問い返す間を与えず、樹は強引に僕の顎を引いて、唇を塞いだ。

　息を呑み、慌てて身体を押し返すが、それを見越していたかのように強い力で僕を身体ごと拘束した。必死に抵抗し顔を逸らそうとしたが、失敗してさらに隙間なく唇が重なる。

「んっ……ん、うぅっ！」

　こんなのおかしい。抵抗を続けていると樹はようやく少し離れた。

　どうして突然こんなことを、と目で訴えると、逆に問われる。

「どうしてもだめか？」

　だめかと訊かれる意味がわからない。しかもその声や表情には余裕がなく、腕の力は痛い程強かった。真っすぐにぶつけられる視線には、今やはっきりと情熱がこもっている。

「したいんだけど」

「……なんで」

「好きだから」

あっけなく告白されて驚いていると、その一瞬の隙に、再び唇を塞がれた。しかも今度は口内に熱い舌が侵入してくる。その衝撃的な感触に頭の中が真っ白になった。だけどひとつだけはっきりしていることがある。

樹は、嘘をついている。

本当は別の誰かを想っているくせに、たまたまそういう気分になった時に目の前に僕がいて都合がよくて、だから好きだなんて言ったのだ。

そう考えると怒りが湧いた。だけど同時に、一時しのぎでも求められる程度には好かれていると知って、嬉しいと思ったことに混乱した。

どうして。いつのまにこんな……。自分の感情の変化が悔しい。

「好き」という免罪符があれば何をしてもいいのか。たった一言で僕を懐柔し揺さぶる樹が憎らしかった。

だから負けじと見様見真似でやり返した。搦め捕られた舌を反抗するように交えてやると、一瞬驚いたような反応が伝わり、樹が離れる。

ざまあみろと笑うように息を吐いた。僕の好戦的な眼差しに樹は苛立ちを露に顔をしかめた。

「おまえ、生意気すぎだろ」

「うるさい……！」

それを口火に、僕らは激しい情動に突き動かされるまま、喧嘩みたいに暴力的なキスを交した。

動物が噛みつくみたいに荒々しくて乱暴で、どうしようもなく滾る行為を、本能が求めていた。

ようやく唇が離れた時、脳が焼き切れそうな程の欲が身体を支配していて、さっきとは違う意味で呼吸が乱れた。

こぼれた唾液を手の甲で拭い、荒立つ感情のまま睨み合う。

樹は、猛る獣のような目をしていた。僕がそれほど魅力的な獲物に見えるのだろうか。だったら、と煽るように微笑んでみせると、樹は悔しげに舌打ちする。

そして力任せに僕の腕を掴むと、低く唸るような声で「来い」と吐き捨て、足早に歩き出した。

その背中には、はっきりと欲が滲み出ていた。どこへ連れていこうとしているのかもすぐにわかった。

丁度良い獲物を、部屋に連れて帰って存分に好きにできると思っているのだろう。なんでもいい。ホテルにたどり着くまでに、その熱が引かなければいいと願った。

互いに一言も喋らずにホテルのフロントを横切り、急くようにエレベーターに乗り込む。

焦れながら部屋のドアを開けると、そのままベッドになだれ込んだ。

幸いにも、樹の興奮は微塵も収まっていなかった。それは僕も同じで、早急にさっきの続きをしたくて夢中でキスをする。

同時に、「裏切り者」とささくれ立った心の内で樹を罵る。

片思いの相手がいるくせに、一時の感情に溺れて僕に手を出す樹が憎らしかった。誰かの代わりに求められるのは惨めで寂しい。だけど今まさに樹の熱を煽っているのも僕なのだと思うと、仄暗い喜びが胸に溢れる。だったらこのまま僕のものになればいいのにと、独占欲が溢れて止まらない。

自分の中に、これほど激しい感情があることを今まで知らなかった。

樹は一旦唇を離すと、僕の上に馬乗りになりながら慌ただしくTシャツを脱ぎ捨てた。その汗ばむ身体の張りのある筋肉を眺めながら、意地の悪い質問を口にする。

「樹って、結構流されやすいんだな。片思いの相手がいるのに、僕とこんなことしていいのか？」

彼は一瞬動きを止めたが、次の瞬間悔しげな表情で笑う。

「いるけど。……そいつが何考えてるのか、全然わからないし、それに……」

左手を強引に引き寄せられ、薬指に噛みつかれた。痛みに顔をしかめると、樹は挑発するように僕を見る。

「今はおれたち夫婦だろ。だったら、セックスしたところでなんの問題もないはずだ」

嵌る銀の環がどういう意味かを思い出せ、とでも言うような捨て鉢な言動に、そこに恋や愛なんてなくても構わないと言われた気がして、引き結んだ唇が震えた。

樹は僕のTシャツの裾を掴むと一気に捲り上げ、簡単に脱がせてしまう。

「大体、この旅行、一応ハネムーンだぞ。やることなんか一つだろ」

乾いた笑いと共に、生々しく素肌を這うてのひらの熱さが、僕たちがこれからする行為を知らしめた。

「おまえだって、一回くらいしてもいいと思ってるんだろ、だったら、記念だとでも考えればいい」

「記念、って……」

そんな理由で、と呟く声が掠れた。でも、今ならそれがこの行為の理由になるのかと思えば、行き場のない感情の落とし所を見つけた気がした。

日本に帰ったら。籍を抜いたら。樹とこんなことをする理由はなくなる。樹はもう僕と家族じゃなくなる、誰かのものになる。

あの優しい目が、懐かしくて愛しいものを見る目が、僕以外の誰かに向けられる日が来る。そこまで考えた時、嫌だと、心が叫んだ。

ならば、伴侶《はんりょ》でいられる今は間違いなくこの権利は僕のものだ。

僕たちは今間違いなく夫婦で、そういう気分になったからする。それ以外の理由なんて必要ない。だったら……と貪欲《どんよく》に手が伸びた。

樹の身体を引き寄せると、素肌の重なった部分が灼けつくように熱かった。

「……いいよ。しよう」

抱きついて耳元で告げると、寂しくて涙が出た。すぐに唇がそれを吸い取る。

「泣くほど嫌か」

その声が、傷ついているように聞こえたのは身勝手な妄想だろうか。確認する間もなく、僕らは再び唇を重ね、キスに溺れた。

繰り返し煽られているうちに、幾分やりかたがわかってきて、よけいに夢中になった。いつのまにかすべての服を脱がされていて、樹も自らのジーンズの前を忙しなく緩める。左手を引かれ、彼の露になったものに触れる。すでに屹立した性器の熱さに唾を飲む。他人のこんな状態のものを目の当たりにするのも、触れるのも初めてで、そこからどうしていいかわからない。

「おれのに触るの、抵抗あるか？」

ゆるく首を横に振ると、「じゃあ、これは？」と、僕の性器にも手を伸ばす。

「あっ……」

粘膜を指先が擦る鋭敏な感触に狼狽える。

「できるだけ、ゆっくりするから」

余裕のない声が耳元で囁くと、背中から腰にかけて、ぞくりと震えが駆け抜けた。

首筋から胸へ唇が肌を愛撫し、吸い上げる。その度に甘ったるい声を上げそうになる。

もう片方の手の置き場がわからず、声を抑えるために口元を覆った。なのに左の胸の先端を熱い舌が這った時、こらえ切れない声と共に、びくりと腰が跳ねてしまう。

「秋人、感度良すぎ」

樹の声が剣呑に濁り、喉がごくりと動く。

「おまえ、もしかして……慣れてる？」

セックスの経験はない。自慰も、普段からそんなに熱心にするほうじゃない。慣れているわけがないのに、樹に触れられると信じられないくらい気持ちがいい。

「お酒の、せい、だ」

「本当かよ……もうこんななのに？」

こんなって何が、と目を向けると、樹が僕のものを見せつけるようにゆっくりと擦り上げた。自分の先端から透明な蜜が溢れていることを証明するように、淫猥《いんわい》な音が耳に届く。

呼吸を乱し、声にならない声を上げていると、樹は焦れたのか僕の腕を掴み、身体を起こすように誘導した。

「な……なに」

「上に座れ。このほうがしやすい」

何がどう、しやすいのか。対面する格好で膝に座り密着すると、樹は自分のものと僕のを合わせて大きな手で包み擦り合わせた。

「う、あっ……っ」

容赦なく握り込まれると、樹の形や大きさや熱がまざまざと伝わってくる。それにどうしようもなく興奮した。

樹のほうが少し大きいうえに手の圧力が加わり、全部が擦れて気持ち良くて、目の前に火花が散る。溢れつづけるぬるりとした感触を自覚して、羞恥心《しゅうちしん》が燃え上がり、顔が熱くてたまらなくなる。

「や……やめ、て」

「今更、何言ってんだ、気持ちよくないか?」

「き、もちいい、か、なんて……!」

訊くなよ、と言う代わりに漏れた声に、樹は呼吸だけで笑う。悔しくて睨み付けると、交わる視線は熱を持ったまま僕をしっかりと捉えて離さなかった。

もし夫婦でいられたら。こんなふうにずっと僕を見てくれるのだろうか。

いいな、と思った。その視線が欲しい。だけどそれは、望んではいけないことだ。

でも今だけ、今日だけでいい。記念でも構わないと、切実な感情に突き動かされて樹にしがみついた。

自分の中の渇望がこれほど大きく膨れ上がっていることに、どうして気付かずにいられたんだろう。

「樹……」

この時、はっきりと愛情を込めて彼の名前を呼んだ。

「樹、いつき、樹……」

呼ぶと、樹の手が余裕なく僕の腰を掴む。その力強さに促されるまま、本能に従い自ら腰を押し付けた。

次の瞬間、樹が突き上げるように腰を打ちつけてきた。手の力も強まり、性器全体を包み込む圧力が増して、容赦なく擦れる。その度に、今まで味わったことのない快感が押し寄せ、そして。

「んっ……！　う、あっ……」

樹の手に翻弄されるがまま、目の前が真っ白になる。昇りつめた快楽と共に、熱い体液が迸《ほとばし》る。それは僕だけのものじゃなく二人分が交じり合い、どろりと重く腹部を伝う感触すら気持ち良く感じた。

酸素を求めるように何度も大きく息を吸いながら脱力し、支えてくれる腕に身体を預ける。

肌が触れ合う場所が溶けそうな程熱い。たったそれだけのことで心が満たされた。

だけど、これが僕らの最初で最後の夜だと思うと、寂しい気持ちをどこにも追いやれなくなった。

きっと次はない。だからせめて樹の脈動を記憶に留めておけないかと目を閉じてあがく。

すると樹は、僕の腹を伝う精液を丁寧に指先で掬い取り、何を思ったのか、その手を僕の後ろに伸ばした。

「えっ……な、なに、わっ！」

情けない声が出た。身体を強張らせて逃げようとしたが、腰に巻きつく腕がそれを拒んだ。

指先が触れているのは後ろの穴で、そこを丁寧になぞる感覚に、みっともない程狼狽えた。

「まって、それ、やめてくれ」

「おまえ、男同士ってここ使うってわかってる？」

「ひっ……う！」

指が、ぬるりとした感触と共に、浅く中に侵入する。

「痛い？」

「痛……い、ていうより、へんだ……こわい」

「だろうな……でも」

話しながら、さらに深く奥へ侵入する感触に呻く。

男同士がここを使ってセックスをするのは、何となくわかっていた。けれど、まさか自分がすることになるとは微塵も考えていなかった。

「……慣らす」

不穏な気配に満ちた声に息を呑む。

「ならすって……？　そんな……あっ！」

樹の長い指がある一点を撫でた瞬間、微弱な電流に似た快楽が身体を駆け抜けた。

「まって……な、に、これっ、んっ！」

その感覚に下半身が痺れて、腰から崩れ落ちそうになる。

「なるほど」

何を心得たのか、樹は執拗にそこを何度も指先で撫でた。

「や、あっ、だめ……そこ、へん！　だから！」

「……でも、すげえ気持ち良さそうに見えるんだけど」

「で、でも、いやだ……！」

必死に懇願すると、樹はそれ以上進めるのをやめ、指を引き抜いた。

混乱し、涙目で必死に呼吸をしていると、「ごめん」と許しを請うように、何度も唇を寄せてくる。

「もう、嫌なことはしない……だから」

懇願されるまま、再びベッドに押し倒される。

「もうちょっとつきあえ。まだ全然、足りない」

見ると樹の性器は、ついさっき達したはずなのに、既にはっきりと存在を主張していた。

思わずごくりと喉を鳴らすと、覆いかぶさるように抱き竦められた。

余裕なく首筋に吸い付き、熱に浮かされたように求めてくる樹の髪に、堪らず指をからませながら、彼にとって僕はどんな存在なのかを考えた。

都合がいいだけのその場限りの相手にしては、触れる手が優しすぎやしないだろうか。

可能性の欠片《かけら》を探さずにはいられなくて、一回り大きな背中に手を伸ばすと、燃えるように熱かった。この熱に、僕に対する気持ちが含まれていればいいのにと願いながらしがみつく。

噛まれた左手の薬指が鈍く痛んだ。

せめてこの痛みが消えるまで、樹の伴侶でいたかった。

眩しくて眠りから覚めると、樹と僕は恋人同士のように抱き合う体勢で眠っていた。

こんな朝は二度と来ないのだから、とてつもなく貴重な時間に違いない。

もう少しだけこのままで、と思ったけれど、そんな些細な願いは無情にも叶わなかった。

昨夜、カーテンを閉めずにベッドに飛び込んだせいで、バレンシアの強烈な朝日が容赦なく部屋に差し込み、樹も目が覚めてしまったらしい。

陽射しを避けるように手で目元を覆い、その時ようやく僕の存在に気づいた。抱き合っている状況に驚き、慌てた様子で離れる。

「おはよう」

当り前の挨拶を口にしながら身体を起こすと、樹は顔を強張らせて「……おう」と呟く。ぎこちない表情が、互いが素っ裸なのを見てさらに硬くなる。

「シャワー、先に使っていい？」

気まずい空気に耐えられなくて切り出した。あの後散々繰り返した行為で、体中べたついていたし、逃げるには丁度いい口実であり、場所でもあった。

「すぐ出るから」

「ああ……ゆっくりで、いい」

樹はついに僕から目を逸らす。その瞬間、衝動に流された夜の終わりを、はっきりと自覚した。

ベッドを降りてバスルームに向かう。

夜の闇の中では魅力的に見えたものが、朝日に晒されてみると案外つまらないものに見えることがある。

全部終わった今、樹の中に残ったのは罪悪感だけかもしれない。

それでも僕に後悔はなかった。

だけど。ほんの少し落ち込むくらいは許されるだろうかと、バスルームに足を踏み入れ、扉を閉めようとした途端。

「秋人！」と、樹が追いついてきて、扉に手をかけた。

「一緒に、入っていいか」

「……え？」

「洗う……散々、したのおれだし」

予想外の展開に戸惑ったが、樹がひどく不安そうな表情を浮かべていることに、ようやく気づいた。

「……嫌か？」

問われ、僕は緩く首を横に振る。樹はそれを見て安堵したように息を吐くと、強引に僕を中へ押し込み、バスルームの扉を閉めた。

シャワールームは広くて、二人で入っても余裕があり、結局そこで念入りに身体中を洗浄された。手入れ、と言った方がいいかもしれない。

大きな手がやたらと気を遣いながら髪や身体を洗うので、くすぐったくて仕方がない。このおかしな状況に慣れてくると笑いが込み上げてきて、僕は樹に背を向けたまま肩を震わせた。

樹はそのたびに「動くな」と窘めたが、少しずつ緩んだ空気につられて、同じように笑った。

シャワーを出ると、樹は今度は髪を乾かしてくれた。僕らの間には、昨夜の出来事もきちんと存在しているのに、友達のような空気も流れている。

他愛のない話をし、テレビのニュースにツッコミを入れ、下手くそな鼻歌を笑う。この旅の間に少しずつ形を成した朝の情景が、どうしようもなく心地良い。楽しかった。できればずっとこのままでいたかった。

だけどこの旅は、あと二日で終わるのだ。

今日バルセロナに到着したら、明日には日本に向かう飛行機に乗る。帰国したら婚姻関係は白紙に戻す。それが当初の約束だった。

なんて短い旅行だったのだろう。出発した時は、まさか帰りたくないと思うなんて想像もしなかった。

「どうした。もう腹へった？」

よく晴れた明るい街角を、思いつめた顔で歩いていたからか、樹が尋ねる。

どうやら樹は、僕が押し黙るのは空腹の合図だと思っているらしい。だけどついさっきホテルで朝食を食べたばかりなのに、この間隔で空腹を感じたら、それはそれで異常事態だ。

「考えごとをしてただけだよ」

「ぼーっとしてると、また迷子になるぞ」

「ならない」

「信用できない、前例があるからな」

樹はそう言うと、あたりまえのように手を繋いだ。驚いて固まると、握り込む手の力が強まる。

「……アルハンブラでも、こうしておけばよかった」

そんなことを呟かれたら振りほどけなくなる。俯くと、樹はさらに続ける。

「それに、なんか今日は街が少し変な感じがする、離れるなよ」

緊迫感を含んだ声に顔を上げ、改めて僕も周囲を見回した。

「歩いてる人が多い。それに、なんとなくざわついてないか？」

指摘されて初めて、確かに昨日と街の様子が違うことに気付いた。ただしそれが祭日や、もっと別の何かなのかが、異邦人である僕には判別できない。

しかし市電の停留所が見えてくると、そこには昨日とは明らかに様子の違う行列ができていた。少々不穏な気配が漂っているように見えた。

「……何かあったのかな」

「聞いてみるか」

停留所に着くと、樹はすぐ近くにいた老夫婦に丁寧に声をかけた。

この行列はどうしたのかと尋ねると、二人は困ったように眉を下げ、早口でとある単語を連呼した。

「ストライキ？」

聞き返した樹の言葉で何が起きたかを知る。

それはスペインを含め、ヨーロッパでは、わりと頻繁に起こるアクシデントの一つだ。職場の待遇や賃金改善を求める抗議活動の一種らしいのだが、これによって関連施設や交通機関が強制的に休みに突入するため、生活に様々な支障が出るのだという。

突然思い立ったように始まり、いつ終息するかは始めた本人達にもわからない。ひどく曖昧でやっかいな代物らしい。

「あなたたちは旅行者？　どこまで行くの？」

老婦人がゆっくりと尋ねてくれたおかげで、僕にも内容が理解できた。

「バルセロナまで行くつもりで、交通手段はなんでも構わないんですけど……」

「バスは全部止まっているんですって。鉄道なら少しは動いてるって聞いたわ。あとはこのトラムも、一応動いているらしいわよ」

ありがたい情報のおかげで、僕らはなんとか街の中心部まで移動することができた。

しかし、辿り着いた駅の様子は殺伐としたものだった。

ギリギリのラインで機能している駅は、列車に乗る人と諦めて帰る人、その場に留まる人で、ひどい混雑に見舞われている。

「今日の朝から始まった、かなり大規模なゼネラルストらしい。バスは全滅、鉄道だけ、本数を削ってどうにか動いてるらしい」

情報収集を終えた樹の告げた内容に、状況の深刻さを理解して押し黙る。だが樹は「大丈夫だって」と、明るい声を上げた。

「一応動いてるんだからなんとかなる。今日中にバルセロナに到着すればいいわけだし、鉄道ならたった三時間だ」

地図上ではバレンシアからバルセロナまで、相当な距離があるように見えるのに、移動時間は夜行バスの半分以下で済むらしい。

「切符さえ買えれば問題ないはずだ」

しかしストのせいで自動券売機は使用中止になっており、窓口には気が滅入る程の列ができている。それでもチケットを手に入れるために、僕たちは顔を見合わせ腹を括った。

じりじりと進む列。どれくらい待っただろう。ようやく辿り着いた窓口で、「バルセロナまで、二枚」と樹が伝えると、気怠げな駅員は溜め息まじりに首を横に振った。

「今だと十一時発の列車の一枚分しか売れない。そのあと列車が動くと決まれば、チケットの販売許可が降りるけど」

「できれば、二人一緒がいいんだけど、無理ですか？」

「動くかどうかわからない列車を待てば、可能性はあるかもしれないよ」

何となく理解できた内容にハラハラしていると、「……よし、じゃあその一枚、買った」と、樹はチケットを確保してしまう。

「一枚だけ買ってどうするんだ？」

「おまえが先に行け。おれはその後ので行く。向こうで落ち合おう」

人混みを避け、壁際に移動しながら樹が告げた言葉に、思わず抗議の声を上げた。

「列車が動くのを待てば可能性があるなら、待った方がいいんじゃ……」

「本当に動くかどうかわからないだろ。そこで確実に二枚買えるかどうかもわからないなら、堅実な手段を取った方がいい」

確かに待ったもののまた一枚しか確保できない、なんてことになったらたまらない。列車に乗り込む順序もこの場合、僕が先に行くべきなのは理解できた。

「おれは自分でなんとかするから、向こうについたら総領事館に向かえ。従兄弟に連絡しておくからそこで落ち合おう。今からスマホに情報送るからな」

樹が手早く送ってくれた情報は、総領事館の地図や、従兄弟と思われる人物の名前や連絡先だった。

「今日泊まる予定のホテルの情報も送っとく。予約してあるから、待ちくたびれたら先にチェックインしてていい。あと列車のチケットと、現金と、パスポートの紛失届。なくすなよ」

必要なものを順に受け取るが、不安でうまく言葉が出てこない。そんな僕を樹はからかうように笑い飛ばした。

「心配しすぎだ。すぐ追いつくって。ほら、出発まで時間ないぞ」

「じゃあせめて何時の列車に乗るかわかったら、すぐ連絡してほしい」

「わかった」

樹に連れられて改札に向かうと、ストの影響なのか改札そのものが機能していなかった。人出が足りないのか近くにスタッフもいない。乗客達がなんなく通り抜けていく様子を見た樹は、素知らぬふりで僕を先導する。どうやらぎりぎりの所まで見送ってくれるつもりらしい。

「秋人、向こうに着いたら絶対地下鉄で移動するんだぞ。総領事館まで距離は近いけど、間違っても歩いて行こうとするな。道順は……」

　この期に及んでアドバイスを詰め込もうとする樹を宥める。

「僕はいいから、それより自分のことを考えてほしい」

　自分の行先に特に不安は感じなかった。ただ樹と離れることが心細いだけだ。

「あの……やっぱり次の列車を一緒に待つか、もしくはキャンセルを探すとか、できないかな」

　乗車口のステップに足をかけたところで思いとどまり、振り返る。

　その時視界に入ったホームの時計は、出発のほんの数分前を示していた。

「一緒にいたほうがいいと思う、こんな状況だし、それに」

　悩んだ末に、列車を降りようとした。

　すると樹は、逆に勢いよく乗車口に足をかけた。

　一緒に乗るつもりなのかと思ったが違った。顔を寄せられ、キスをされるのではと身構えた次の瞬間、額に強烈なデコピンを受け、あまりの痛みに後方によろめく。

　馬鹿力の一撃は相変わらず容赦がない。キスかと身構えたのが恥ずかしくなり、殊勝な気持ちなど一瞬で吹き飛んでしまった。

「痛いだろ！」

　叫ぶと、樹は悪戯が成功したみたいに笑っている。彼の狙いはどうやら僕を列車の中へ押し戻すことだったらしい。

「本当にすぐに追いつくって。三時間なんて、あっけないくらいすぐだ」

気負いのない言葉に、「そんなの、わかってるよ」と、強い口調で返した。

気弱になる必要なんてない。列車は動いているのだから、遅くても半日後には会えるだろうし、樹がなんとかすると言うのなら、本当にそうするに違いない。

額の痛みはまだ引かないけれど、おかげで肩の力が抜けた。

ようやく先に行くことを受け入れた僕を、樹は安心した様子で見ていたが、ふと、思い付いたように口を開く。

「丁度いい機会だから、移動中にでも考えてほしいんだけど……」

「なに」

「おれと結婚してくれないか」

「……え？」

まるで世間話みたいなノリだったので、一瞬何を言われたかわからなかった。だけど樹は構わず続ける。

「おれはこのまま籍を抜きたくない。もし秋人が、おれをそれほど嫌いじゃなくて……例えば、帰る場所がなくて困ってるとか、そういう理由でもいいんだ。約束なんか忘れてていいし、おれと家族になるのに抵抗がないなら……」

「約束？」

呟くと樹は一瞬言葉を切り、自嘲するように眉尻を下げて笑った。

「やっぱり、意地なんかはらずに最初に全部話しとけばよかった……ごめんな」

「どういう、意味」

その答えが返ってくるよりも先に、僕らの間を遮るように列車のドアが閉じた。

なんて無粋な扉だと罵りたい気持ちを抑え、窓に張り付くようにして樹を見た。

彼は「考えといて」とでも言うように軽い動作で手を上げた。

ここで断ち切りたくなかった。今すぐ約束とはなんのことなのか知りたい。降りればよかったと後悔が募る。

それに樹の告白が本当なら、返す言葉なんて既に決まっている。僕らを隔てる扉に向けて、たまらず声を張り上げた。

「もう、してるだろ！」

僕らはもう結婚してる。間違いなく夫婦だ。だけどその声は、動き出した列車のモーター音や、窓に遮られて届かない。

車両が動き出してしまえば打つ手はなく、僕たちの距離はあっという間に開いていった。

勝手に、強引に籍を入れたのは樹のくせに。こんな気持ちにさせたくせに。

「今更訊くなよ、バカ……！」

憎らしい気持ちと同時に愛しさが溢れて、自分の薬指に嵌まった指輪を強く握りしめた。

もしかしたら樹は最初から、単に僕と結婚したかっただけなんじゃないだろうか。

列車の中でぼんやりと考えているうちに、僕はひとつの仮説にたどり着いた。

自信過剰だという自覚はあるし、そんなバカなとも思うけれど、強引な引っ越しや、勢いで籍を入れてしまった理由も、それなら説明がつく。

鷹東家との一切合切は建前ということになるけれど、あの見合いが既に計画の一部だったことや、伯父と僕への情報が前もってうまく制限されていたことも踏まえると、やはりしっくりと噛み合うのだった。

ではなぜ、そんなことをしたのか。

きっと、樹が言っていた「約束」というのが鍵なのだと思う。

深山社長は僕の両親の知人であり、伯父の友人だった。昔どこかで樹と顔を合わせていたのかもしれないと考えた時、先日見た夢の内容が脳裏を過った。

幼なさからとんでもない約束をした友達がいた。子供なりに結婚しようと求めた相手。

まさかという気持ちで自分の薬指を撫でる。

もし樹があのときの友達本人で、約束を覚えていたのだとしたら。

それなら彼が当初ひどく怒っていたのも、この旅が滅茶苦茶な状況で始まった理由も少しは理解できる。僕が覚えていたら話が早かったということなのだろう。確認しろよって話だけど……。

樹は子供の頃の約束を、迷わず一途に、ずっと覚えていたのだろうか。

だとしたら樹の片思いの相手は僕ということになり、彼は最初から僕を好きだったということになるわけで……。

だめだ。……熱が上がってきた。

樹の思い込みの激しさを改めて痛感する。おまけに行動力がありすぎるし、度を越した一途さは国宝級かもしれない。

だからといってやっていいことと悪いことがあるけれど、すべてが愛情ゆえの行動だというのなら、不覚にも可愛いと思ってしまった。

次に会う時、一体どんな顔をすればいいんだろう。

その前に謝罪文を送り付けるべきかと悩み、スマートフォンの画面を見つめていると、タイミングよく樹からメールが届いて心臓が跳ね上がった。

その内容は『今から後続列車に乗る』というもので、返事をしなければと思うと、よけいに指が動かない。

『言いたいことがたくさんありすぎて、メールじゃ伝え切れない』

そんな文面を打っては消して、頭の中が煮えそうな葛藤に耐え切れず、通路側の座席で目を閉じてうなだれる。

その時、膝にこつんと何かが当たる感触がした。

目を開けると小さな手が、見事なオレンジを僕の膝に載せていた。

「おにいさんお腹空いたの？　これ食べる？」

英語の可愛らしい問い掛けに顔を上げると、見知らぬ女の子がいた。金髪の、オリーブ色の宝石みたいな目をした少女が人懐っこい笑顔で首をかしげる。あの頃の僕らと同い年くらいだろうか。

それにしても、なぜ落ち込んでいると空腹と間違われるんだろう。

「……ありがとう」

「あ、ちょっとまってて。食べやすくしてきてあげる」

長い列車の旅に飽きて列車内を探索中だったのだろう。見るとそれほど遠くない席に家族がいるらしく、オレンジに切り込みを入れるよう、父親に頼んでくれているみたいだった。

女の子はほどなくして戻ると、きれいに真ん中からふたつに割れたオレンジを僕に差し出す。

「はい、どうぞ」

「……ありがとう、だけど、ごめん。きみに返せるものを何も持ってないんだ」

するとと少女は太陽みたいに笑う。

「いいの、わたしお腹いっぱいだもん。食べ方わかる？　皮をね、こうやって手で剥がすの」

彼女のジェスチャーに従うと、オレンジの皮は以外と柔らかく、簡単に果肉を食べることができた。房を口に運ぶと、さすが本場と唸りたくなるくらい格別に美味しい。

「すごく美味しいね」

感慨深く呟くと、少女は楽しそうに笑った。

そして半分になったオレンジを見て、ある言葉を思い出す。

「そうだ……『オレンジの片割れ』って、どういう意味か知ってる？」

すると少女は瞬き、真剣な様子で頷く。

「私その言葉大好きなんだ。将来絶対そのひとを見つけて、結婚するって決めてるの」

意味がわからず首を傾けると、通路を挟んだ隣の席の老紳士が「それは素晴らしい、応援するよ」と会話に参入してきた。

意味を計りかねていると、その隣の他人に感心の薄そうな若者も、耳からイヤホンを外し同意するように深く頷く。

さらには僕の左隣の窓側の席の女性までもが微笑んでいる。

「どういう意味ですか？」

助けを求めると老紳士は身を乗り出し、僕のオレンジを指差してゆっくりと説明してくれた。

「オレンジはひとつとして同じものはないだろう？　真っ二つに切った時、その断面が合わさるものは世界にひとつしかない」

「スペインのことわざだよ。オレンジの断面みたいにぴったり合う人は、世界にひとりだけってやつ」

補足してくれた若者が軽く肩を竦めた。

「つまり、運命のひとってことね」

隣の女性が僕と女の子に笑いかけると、女の子は頷く。

「運命のひとのことを、『あなたは私の、オレンジの片割れ』って呼ぶのよ」

それはとても理に適った言い回しに思えた。そして意味を知ればもう、後戻りはできなかった。

オレンジの片割れ。世界にひとりきりの相手。

樹は僕をそんなふうに形容してくれていた。僕も樹がそうであってほしい。

性別なんてどうでもいい、樹がいい。もし彼がそうじゃないなら、一生誰も要らない。

目の前のオレンジを眺めながら、はっきりと決意した。

そしてもうひとつ、疑問に感じていたことを問いかける。

「それと、スペインでは喧嘩した後はキスするのが常識って、本当ですか？」

朝日の昇る砂浜で要求されたスペインの習慣とやらも、こちらでは当たり前のことで、何か由来があるのかもしれない。

しかし、目の前の少女と老紳士と若者、さらに隣の女性が目線を交しあい、肩を竦めてほぼ同時に答えた。

「人によるかな」

なるほど。つまりあれは樹の嘘だと今更気づいて悔しくなった。


バルセロナに着くまでの間、老紳士と話しながら過ごした。列車が駅に到着すると彼は、「いい旅を」と、僕を送り出してくれた。

オレンジをくれた女の子は列車を降りる際、両親に連れられて楽しげに手を振ってくれた。

近代的な駅舎を抜けて外に出る。

芸術の街と名高いバルセロナは、今まで辿ってきたどの都市よりも都会に見えた。

一人で歩くことに多少の緊張は覚えたものの、不思議と気後れはない。たった数日間とはいえ旅行者として、豆粒程の経験は積めたのかも知れない。

ガイドブックには、この街ではとにかくスリに気をつけろと書いてあったけれど、結局のところ、危機回避ができるかどうかが大きな別れ道になるのだろう。

地図を見る限り、駅から総領事館まではそれほど遠くないし、道順もわかりやすい。樹の忠告を守り地下鉄を使って移動すると簡単に目的地に到着した。

ささやかな達成感を噛み締めながらひとつ呼吸を整えて、堂々と佇むビルのエントランスに足を踏み入れる。内部は厳重なセキュリティが敷かれている様子で、入館用のゲートを通らなければ奥へ進めない仕組みになっていた。

すぐさま受付の男性に「ご用件は？」と訊かれたので、日本総領事館に行きたいと申し出る。

「知り合い……じゃなくて、親戚が、いて」

「名前は？」

樹から受け取っていた連絡先に記載されていた名前を読み上げると、受付の男性は「少しお待ちを」と、備え付けの電話で連絡をとってくれた。

繋がった受話器の向こうの人物と会話が始まり、そして。

「きみの名前は？」

尋ねられ、鷹束、と答えかけて「深山秋人です」と、初めてその姓を名乗った。

男性が繰り返す慣れない名前の響きが気恥ずかしくて俯いていると電話は終わり、「今、迎えに来るそうだから、待っていなさい」と入館証を手渡された。

その言葉通り、ほどなくしてエレベーターからビジネススーツに身を包んだ男性が慌てた様子で下りてきた。

「こんにちは。きみが秋人くん？　はじめまして。樹の従兄弟の、深山修一《しゅういち》です」

どこか樹の家系を思わせる容姿の三十代前後と思われる男性は、人懐っこい笑みを浮かべて僕に握手を求めた。

「いろいろ大変だったみたいだね。樹から話は聞いてるし、渡航書のための書類は全部揃えてあるからもう大丈夫だよ。とりあえず事務所に移動しようか」

優しそうな人だ。荷物を根こそぎ奪われたのは僕のせいなのに、心から心配してくれる様子に、申し訳ない気持ちになりつつ、日本総領事館の内部へ足を踏み入れた。

「ところで樹は？　秋人くん一人で来たの？」

「それが、ストライキのせいで同じ列車に乗れなくて。でも、後続の列車に乗っているらしいので、ここで落ち合う約束をしているんですが」

「…………秋人くんて、どこから来たんだっけ？」

「バレンシアからです」

「……そうか」

修一さんの声が、唐突に真剣味を帯びた。

不思議に思っていると、事務所のドアを開ける直前、修一さんは躊躇いながら切り出した。

「実は今、少し問題が起きていて……しばらく待機してもらうことになりそうなんだ」

意味がわからないうちに開いたドアの向こう、事務所内の騒然とした様子に驚いた。

会社のオフィスのように、デスクが並ぶ部屋に鳴り響く電話。多くの人が慌ただしく動きまわっている。

その様子を見ただけで、何か良くないことが起きているのがわかった。

「奥に休憩室があるから、そこに行こう」

予想通り、休憩室で修一さんが切り出した内容は驚くべきものだった。

「実はつい先程、列車が土砂崩れに巻き込まれたという情報が入ったんだ。バレンシア発バルセロナ行きの路線で、ストのせいで満席だった車内には、日本人が数名乗車していたという情報が入っている」

「え……？」

「きみが乗車したのは何時発？」

「確か、十一時でした……」

「だとすると、その後続の列車ってことになるね」

　突きつけられた事実に、ゆっくりと全身の血が引いた。

「土砂崩れって……規模は？　列車は、無事なんですか？」

「まだわからない。鉄道会社も混乱が続いているみたいで、今、急いで現地に調査員を向かわせているところなんだ。きっと大丈夫だから、落ちついて」

　優しく宥め、ソファに座るよう促される。ぎこちない動きで腰を下ろすと、力が抜けてしまい、二度と立ち上がれる気がしなかった。

「樹に電話もかけてるんだけど繋がらなくて。とりあえず、何かわかったらすぐに伝えるから……それで、どうしようか、今日の宿泊場所は決まってる？　なんだったらホテルで休んでいたほうが……」

「いえ。ここで待たせてもらっていいですか？」

　情報はできるだけ早く知りたいし、樹が無事に到着したら、ここで落ち合えるはずだ。

「もちろんいいよ。じゃあ、渡航書の手続きだけ先にしてしまおうか」

　修一さんが必要な書類を準備しに行くと、僕は一人、部屋に残された。

　外のざわつく空気が耳障りで落ちつかない。事故だなんて、信じたくなかった。連絡が取れないと言っていたけれど本当だろうか。一縷の望みをかけてスマホを取り出し、メッセージアプリを起動する。

『樹、今どこにいる？』

送るが既読にならない。電話もかけてみたけれど、切り替わった音声は、無機質に電源と電波状況について伝えるだけだった。

余計に無事かどうかわからなくなった。確実に言えるのは、僕の言葉が樹に届いていないということだけだ。

今はここで待つことしかできない。寒々しい空気が足元から全身を包み込んだ。

僕はこの感覚を嫌という程知っている。両親との別離の時と同じだった。二度と味わいたくないと願った絶望を再び感じながら、とても嫌なことを考えた。

もしかしたら僕は、家族を持てない運命なのかもしれない。

一度思いついたら頭から離れなくなった。

僕は幼い頃から、自分を家族と思ってくれる特別な人を、本能的に欲していた気がする。樹がそうなってくれたらいいと願ったから、あの時「結婚」という言葉が飛び出したのだろう。

そして幸運にも、ようやくその人と巡り会えたのに、その途端にこれだ。

あれほど僕を望んでくれる人なんか、きっとどこを探してもいないし、それは僕も同じだった。それなのに。

こんなことが起こるなら、やはり一緒に残ればよかった。

外界のすべてをシャットアウトするように、膝を抱えてうずくまる。

胸の内を塗りつぶす恐怖はとてつもなく大きくて、今回ばかりは手に負えそうになかった。

何の進展もないまま数時間が経過して、気づけば時計の針は午後七時を指していた。

意識を閉ざしていたのか、眠っていたのかわからない状態で過ごした時間はとても長くて、悪夢のようだった。

まだ館内はざわついている。じっとしているのも辛くなり、縋るような気持ちで事務所をのぞき込む。

訪れた当初よりは幾分落ちついている印象を受けた。けれど全体の空気や職員たちの表情には、濃い疲労が漂っている。

何気なく目線を向けた先のホワイトボードに、「列車」「バレンシア発バルセロナ行き」「消息不明」などと大きく書かれた文字を見つけて、動けなくなる。

本当ならとっくに樹と再会している時間だった。

今頃一緒に夕暮れのバルセロナを満喫していたかもしれないし、結婚の了承をして、幸せを噛みしめていたかもしれないのに。

どこで間違ったんだろう、何がいけなかったんだろう。

これは運が悪いとかいう類いの話なのか。これほどあっけなく全部消えてしまうのか。

血の気が失せた顔で立ち尽くす僕に、声をかけてくれたのは修一さんだった。

「秋人くん、大丈夫？」

「状況は……？」

「まだ報告を待っているところだ。多分もうすぐ現地に向かった者から連絡が……」

「事故が、起きた場所を教えてもらえませんか」

追い詰められた気持ちで訴えると、修一さんは、「秋人くん……落ちついて」と親身に言葉をかけてくれた。

「絶対、きっと大丈夫だから」

「きっとってなんですか。だって、わからないんですよね？」

不安で声が震えた。

「消息不明って、連絡もないって、おかしいじゃないですか」

「秋人くん……」

「だって僕たち結婚したんです。樹が僕を家族だって言ってくれて、それで僕も嬉しくて」

言葉にしているうちに堪え切れなくなった不安が、涙とともに溢れて止まらなくなった。

「樹は、こんな薄情な僕を選んでくれた。まだ何も伝えてないんです。言わなきゃならないことがたくさんあるのに……こんな……！」

頭の中がぐしゃぐしゃで、人生の中で一番といっていいほど狼狽え、僕はその場にうずくまった。

「ふざけるな……！　こんな気持ちにさせておいて勝手にいなくなるなんて許さない！」

「あ、秋人くん……」

「まだ好きだって言ってない！　ちゃんと話して、全部最初からやり直そうと思ったのに、いきなり未亡人だなんて、こんなの嫌だ！」

「秋人くん、あの、落ちついて」

修一さんの言葉に思わず顔を上げ反論する。

「落ちついてなんかいられないですよ！　僕の夫が事故に巻き込まれたっていうのに！」

その時、背後で「うぐっ……」と妙な声が聞こえた。

「秋人くん、あの、後ろにね……その」

修一さんに促され、わけがわからず振り返ると、そこには気恥ずかしさを必死に堪えるように口元を押さえて立ちつくす樹の姿があった。

「……どうも」

すぐには状況が理解できなかった。

樹がいる。

「なんで？」

「なんでって言われても……ここで待ち合わせてただろ」

樹は別れた時と全く同じ、どこもかしこも無事といった様子でそこにいて、気まずさを誤魔化すように僕から目を逸らした。

「……で、でも、安否不明って……」

「逆に、どうしてそんなことになってるんだ？」

修一さんも慌てて間に入る。

「樹、無事だったのか？　列車が事故にあったって聞いたんだけど？」

「ああ、あれか。事故ってほどじゃない。線路脇の土砂が少し崩れたらしくて、レール上に木が倒れてたから列車が止まったくらいで」

なんだって？　と擦れた声で呟く僕を遮るように修一さんが問い詰める。

「それで、どうしたんだ？」

「レスキューや警察や、近くの工事現場から作業員や機材も来て対応に当たったけど、やり方が雑で時間が掛かりそうだったから、重機を借りて作業を手伝った」

聞けば樹は、スペイン人の作業効率の悪さに業を煮やし列車を飛び出すと、お得意の技術を駆使し、倒木をあっという間に片づけてしまったらしい。

「障害物さえ撤去できれば列車の運行には問題がないってことで、そのあとは順調に到着した。予定より遅れたけど、そもそも出発からして遅れてたからな……」

「それで情報が入らなかったのか。ストライキの最中にさらに多少遅れたところで問題にならないもんなぁ」

そんな雑なことがあるのか？　と、呆然としていると、現地調査に向かった職員から事故は「誤報」であると連絡が入り、その場にいた職員達が安堵と喜びの声を上げた。

さらにテレビのローカルニュースではちょうど現場の様子が取り上げられており、止まった列車と、倒木の撤去作業をする人たちの姿が見えた。

「あ、ほんとだ、樹がいる」

修一さんの声に、職員たちがテレビの前に集まる。確かにほんの一瞬だけど、樹がショベルカーに乗り込む姿が見て取れた。

その報道は、どこからともなく現れた日本人があっという間に倒木を撤去したおかげで、列車が無事運行を再開したと伝えていた。続いて画面が切り替わると、現地で作業に当たった男性が興奮した様子で語りはじめた。

『彼は天才だ！　重機をあれほど繊細に動かすなんて素晴らしい技術だ。まさに神がかっていた、是非あの技を教えてほしいくらいだよ！』

なんて言うものだから、事務所内は樹への労いの声と拍手で溢れた。その中心で当人もまんざらでもなさそうな顔をしている。

……心配して損した。

羞恥とも怒りともつかないものが込み上げ、僕は荷物を手に取り、修一さんに「帰ります……お世話になりました」と小さく告げて、呼び止められるより早く、総領事館を出た。

つい先程まで、とてつもなく悲しい気持ちに包まれていたのに、それが急に行き場を失ってわけがわからない。

おまけに本人がいる前で口走った数々の言動を反芻すると、血が沸騰したみたいに熱くなる。

一体どこから聞かれていたんだろう、全部だろうか。

そう思うといたたまれなくて、とにかく外の空気が吸いたい一心で、歩道の脇の適当な物陰で深呼吸を繰り返した。

落ちつけと自分を鼓舞し、心臓の真上を指で連打する。

「何してるんだ」

冷静さを取り戻そうと必死になっている僕に、いつのまにか樹が追いついていた。

「……別に」

「別にじゃないだろ。それに、さっきの」

核心を突かれて呻く。

「……なんのこと」

「とぼけるなよ」

追撃に耐え切れず、樹から逃れようと背を向けた。

「言っただろ。間違いなく聞いたからな」

「あれは……」

「おい、誤魔化すな、こっち向け！」

無理やり肩を引かれて、隠したかった表情を樹の前に晒されてしまえば、もう手だては残されていなかった。樹は驚いたように目を見開く。

「おまえ……顔、赤」

「うるさいな！」

恥ずかしさと混乱で思わず叫んだ。

「しょうがないだろ。連絡もないし、消息不明って聞いてどれだけ心配したかわかってるのか！」

「電話の、充電が切れたんだ。それにまさか事故扱いされてるなんて知らなかった」

普段なら、そりゃあしかたがないと流せる話だ。笑い話にして終わりだ。だけど今は感情が振り切れて制御できなかった。

「もしきみが両親みたいに、いきなり……二度と……会えなくなったらどうしようって」

本音が零れ落ちて止まらない。こんなことを言われても困るだけに違いないのに。だけど樹は僕の混乱を宥めるように強く手を握った。

「こんな状況で死ねるか。せっかく、こんな……」

言葉を切り歯を食いしばると、そのまま強引に手を引いて歩き出す。そして手近な場所に停車していたタクシーに僕を押し込み、運転手に行き先を告げた。

「え、あの、どこに……」

「ホテル。早く二人きりになりたい。移動する時間ももどろっこしい」

余裕のないあからさまな言動に、それ以上何も言えなくなった。

動き出した車がホテルに着くまでの間、樹は僕の手を離さなかった。抵抗せずに受け入れたのは、伝わる体温が熱くて、どうしようもなく安心したからだ。


車中では様々な感情が押し寄せていたが、到着したホテルの外観とエントランスを見て、驚きのあまり頭が真っ白になった。

この旅で色々なホテルに宿泊したけれど、そのどれとも違う。明らかにハイクラスな様子に尻込みしたが、樹は躊躇わず突入し、フロントで早急にカギを受け取ると僕をエレベーターに押し込んだ。

上層階に辿り着き、柔らかい絨毯の敷き詰められた廊下を一番奥まで歩くと、豪華な佇まいのドアを迷わず開けた。

そこは二人で使うには勿体ないくらい広い部屋だった。リビングスペースには赤いソファとガラスのローテーブル。床には高級感のあるラグが敷かれ、壁には大きなテレビと、洒落た絵が掛けられている。

奥の寝室に目を向けると、大きくて柔らかそうなダブルベッドがあり、すぐ側のルームランプが優しげな明かりを演出している。

しかも大きな窓の外には、この街のシンボルとも言えるガウディのサグラダ・ファミリアが見えた。

「これは一体……」

「ここだけは、前もって予約しといた」

窓の外を呆然と眺めていると、樹はベッドの脇に荷物を放り投げて、僕を風景から引き剥がすように強く抱きしめた。

僕は驚いて固まるが、腕の力は緩むどころか強まる。

「不安にさせて悪かった」

耳元で謝罪され、きつく抱き竦められているうちに、戸惑いや混乱が小さくなっていく。

樹がちゃんと温かいままここにいることに改めて安堵した。

「もう、会えないかと思ったらすごく怖くて……それで」

「……どうしてそう思った」

理由なんかもう決まっている。樹がじっと僕の言葉を待っていてくれたから、ようやく素直に伝えることができた。

「樹が好きだから」

するとと樹は腕の力を抜き僕を離した。様々な感情が溢れ返っているのか、言葉にならない様子で眉を寄せ、そして突然、自らのTシャツを脱ぎ捨てた。

驚いていると、「おまえも脱げ」と言う。

「なんで？」

「今から抱くから」

宣言すると瞬く間に僕の背中から荷物を引き下ろし、さらにTシャツの裾から手をつっこんで捲り上げようとする。

「え、わ、ちょっ、待って」

「待たない」

容赦なくはぎ取られたのは、樹が似合うと言って選んでくれたエメラルド色のTシャツで、それがくたりと床に落ちるのを呆然と眺めた。

「い、いきなりすぎて、気持ちが追いつかないんだけど」

「それでもだめだ、もう待たない」

正直な気持ちを告げたが抑止力にはならない。それどころか勢いを煽ってしまったのか、強引に唇を塞がれた。

最初は驚いて抵抗を試みた。だけど昨日何度も交したキスの感触が自分でも驚くほど鮮明に記憶に残っていて、身体が勝手にその先の快楽を欲しはじめた。自分でも戸惑うほどの早さで煽られる、樹とのキスはそれくらい気持ちが良かった。

そうしながら僕のボトムの前を緩めて、あっけなく引き下げる。ベッドに押し倒されたときには、心臓が破裂しそうに脈打っていた。

「秋人、おれ、絶対におまえより先に死なないって約束する。もう不安にさせないから……」

樹は熱の籠った瞳と言葉を真っすぐに僕にぶつけた。容赦なく心を打たれ、キスに応じるたびに息が弾んでいく。

「全部忘れてていい、それでも秋人が好きだ」

唇が離れる合間に囁かれて、やはり子供の頃に約束を交した相手は樹で間違いないのだと、泣きたくなった。

「結婚してくれ。頼む」

目を閉じ、懇願するように僕の胸に額を押し付ける。その必死な様子に愛しい気持ちが溢れた。柔く髪を撫でながら、「もう、してるだろ」と答える。

意味を計りかねたのか、ゆっくりと顔を上げ瞬く樹に、僕からキスを求めると一瞬驚いたように動きを止め、深く唇を重ねながら完全に僕を組み敷いた。

舌先が触れ合うと、とろけるような快感が生まれ、ぞくりと背筋を降りていく。下腹が疼くような感覚に素直に身を委ねた。

樹の触り方は、まるで僕の身体の形を確かめるようだった。胸から腰、脇腹から背中へ、熱いてのひらが肌を辿る感触に、細胞が粟立つ。

「あ……あっ」

堪え切れずに零した声を慎重に拾うように、指や唇で弱い部分を探り当てようとする。散々体中をもどかしく愛撫されて息を乱していると、樹は何を思ったのか僕の腿を強引に押し開く。そしてその間に身体を沈め、煽られて硬く芯を持ちはじめた僕の性器を躊躇うことなく口に含んだ。

反射的に逃げようとしたが樹は許してくれなかった。強い力で両足を抱え込み、攻める姿勢を緩めない。

「だめだっ……！　そんなの、だめ……だよっ」

どうにかして遠ざけようと彼の頭を手で強く押したが、よけいに意固地になったのか、先端の敏感な部分を執拗に責められた。感じたことのない快楽に腕の力が抜けてしまう。

「あぁっ！　っ……」

目の前が白む。押し寄せた波があっけなく弾けて、気づくと無様に果てていた。

「い、樹、いつき……！」

恐る恐る呼ぶと、樹はようやく口を離す。そして僕に見えるように、ごくりと喉を鳴らした。

「……な、なんで！」

樹は動揺する気配すら見せずに、手の甲で口元を拭う。その途端、爆発的に恥ずかしくなって思わず両手で顔を覆った。

「今のは樹が悪いんだ！　やめろって言ったのに、勝手に、こんなことして……！」

「別にいいだろ、それに、その気になってもらわないと困る」

「……どうして」

「多分止まれない……先に謝っとく」

指の隙間越しにのぞくと、樹はベッドの脇に置いた荷物に手を伸ばし、真新しいチューブ状の物を掴み出し、てのひらにとろりとした液体を押し出す。

それはもしやと思った次の瞬間、樹は僕に覆い被さり昨日と同じ場所に指を伸ばした。

「あっ……それっ」

後ろの穴の縁を撫でる迷いのない動きに、昨日よりも明確な意志を感じた。

きっと今日は嫌だと言ってもやめてくれない。

それでもこれが僕たちのセックスの形だというのなら、拒むつもりはなかった。

けど、いざとなると怖いのも本当で、目を閉じて身構えていると、長い指がゆっくりと奥に入ってきた。

「っ……！」

「力ぬいてろ」

小さく頷き、それでも何かに縋り付いていないと辛くて、ゆっくりと上半身をひねり、うつ伏せでシーツを掴む。腰を差し出すような格好に羞恥を感じる暇もなく、中を責める指が昨日触れた、ある一点を柔く刺激した。

「あっ……！　や、そこ、やっぱり、へん」

あまりにも強い快感に呻き足をばたつかせるが、樹はそれをあっけなく押さえ込んだ。

反則だ。力仕事で鍛えた筋肉が憎い。腕力じゃ敵わないとわかってやっているに違いない。

「だめ、あっ……あぁ……」

「の割りには、良さそうだけどな」

冷静な声が憎らしかった。

「樹の方こそ……随分、慣れてるっ……」

「そんなわけあるか。おれだって初めてに決まってるだろ、なんでおまえがいるのに他のヤツと……って、まさか……秋人……………妬いてるのか」

そんなわけ、と声を張り上げようとした時、指が引き抜かれた。

「え？　……な、なに」

「もう限界……できるだけ、ゆっくりするから」

何を、と止める間もなく強引に腰を引き寄せられた。咄嗟に振り返ると屹立した彼のものが視界に映る。その切っ先が当てがわれる感触。何をされるか理解した途端、それはゆっくりと、奥へと侵入しはじめた。

「痛い？」

痛いというよりも苦しかった。息ができない。言葉すら出ない。押し入られているのが否応なくわかり、その衝撃に狼狽える。

樹も何かを堪えるように荒い息を吐いている。でも腹の中の圧迫感は、一秒ごとに増えていく。

生理的な涙が溢れて視界がぼやける。はくりと口を動かすのが精一杯だった。

「息、吸って。ちゃんと吐け……絶対、乱暴にしないから」

信じろと言われて、微かに頷く。

貫かれて動けなくて、最初は苦しいだけだった。でもそれが少しずつ馴染んで、身体が先に変化を受け入れはじめた。

樹が微かに動いて中を擦った瞬間、今まで感じたことのない快楽に腰が跳ねた。

「ひっ……あっ、なに、これっ」

もう一度、試すように擦られて膝が崩れそうになる。

「おまえ、それわざとか？　エロい声だして、中すっげえ締まるし……」

苛立つような声と共に、トン、と責めるように突かれた奥が痺れた。甘ったるい声が出てしまうが、それは自分の意志でどうにかなるものではない。

「最初からずっとかわいくてしかたないのに、こんなの、反則だろ……！」

さらに責めるように揺さぶってくるので、たまらず首を振った。

「乱暴に、しないって言った！」

「してない……押さえが利かないだけだ！」

屁理屈と共に揺さぶられ、確かに与えられているのは苦痛ばかりではないと思い知る。

途端、反射的に中を締めつけてしまった。

樹の形をまざまざと感じ取り、深く繋がっていることを自覚して羞恥のあまり情けない声が漏れた。

舌打ちと共に動きが激しくなり、受け止めきれない程の快楽が腰の奥から背筋へ駆け登っていく。

「あ、ああ、だめっ……！　ゆっくり、って、いったのに！」

「……ごめん、やっぱ、むり」

「っ……そんな、あぁっ！」

翻弄され、あまりの快楽に膝が震えた。そのままベッドにうつ伏せて潰れかけたが、樹が強引に腰を持ち上げ抱え込んでしまう。自分の意志とは裏腹に、樹とさらに密着する体勢に、かっと頬が熱くなる。

「こ、んな格好……！」

「絶対、おれにしか見せるなよ」

奥深い所を突かれてしまえばもう、何も考えられなかった。

与えられる快楽をなすがまま受け入れる。

気持ちいい。甘くて蕩けるような途方もないこれに、抵抗などできるわけがない。それなのに樹は、さらに僕の心まで追い詰めた。

「秋人」

名前を呼ばれて胸が疼いた。たった一言で愛しさが際限なく湧き、それが快楽と混ざり、わけがわからなくなる。

たまらずシーツを強く握り込み、そして。

身体の奥から押し寄せる、この世で最も甘い痺れが全身を満たした。

「っあ……も、だめ……あぁっ！」

行き着いた果てで視界が白く染まった。同時に樹が身体の中で震え、熱いものが吐き出される感覚。それすらも気持ちが良くて、身体に力が入らない。

為す術もなく崩れ落ち、シーツの上に弛緩《しかん》した身体を投げ出しながら浅い呼吸を繰り返していると、樹が背後からしがみつくように僕を抱きしめた。

「秋人、好きだ」

耳元で告げる声は、信じられない程心地いい。こんなの反則すぎて途方にくれる。なのに樹はさらに僕の髪に丁寧に触れて、首筋に何度もキスを繰り返した。

「ずっと、好きだった」

追い討ちの威力が高すぎて、たまらず呻く。

「……ずっとって、いつから……」

「昔、おまえがおれに、結婚しようって言ったときから」

純粋すぎる一途さに、罪悪感で心臓が軋む。

「僕は……忘れてた。子供の口約束だって」

「おれが勝手に覚えてただけだから、気にしなくていい」

返ってきた迷いのない言葉に泣きたくなった。

「秋人が、自分の家族としておれを選んでくれたのがすごく誇らしくて、嬉しくて。一生大事にしようって勝手に決めただけだ」

自嘲するみたいな寂しげな独白に、僕はたまらず身体の向きを変え、樹と向き直った。

けれど何と言えばいいのかわからない。途方にくれていると、樹は宥めるように笑いかけてくれた。

「おれ、あの夏休みの後、おまえに何度も手紙を送ったんだ。全部届かず戻ってきて……その時初めて、親父とおまえの伯父さんが喧嘩してるって知った。だから普通に迎えに行っても結婚なんて許してもらえないいんじゃないかって懸念が、ずっとあった」

「樹……」

「本当は正々堂々迎えに行きたかったけど、丁度いい口実ができて、見合いを装った方がすんなり話が進むんじゃないかと……」

「そういうことだったんだ……」

ようやく樹の企てが腑に落ちた。

「少し、暴走したのは認める。でもあの時話を合わせてくれたし、同じ気持ちだって言っただろ。だから、覚えてるもんだと……」

僕の無神経さが生み出した偶然の行き違いが、樹の背中を押してしまったのなら、こちらにも責任の一端があるかもしれない……。

「だとしてもずっと会ってなかったのに、よくここまでブレずに……」

驚きと感謝を込めて問うと、樹は当り前のように言う。

「秋人、けっこうまめに情報更新してただろ。チェックしやすかったし」

「チェックって……？　ＳＮＳとか？」

半信半疑で訊ねると、樹は口を噤む。

それでやけに僕のことを知っていたのかと納得したが、執着型ネットストーカーの手口と紙一重のような危うさを感じて黙りこむ。

すると樹は話題をうやむやにするために、「この件に関しては黙秘する」と、強引に僕の顔を胸に押し付けた。

「じゃあ……この旅行は？」

「これも約束だった。スペインの南端から北へ、二人で旅をしようって」

そんなこと全然覚えていない。途方もない罪悪感に息を吐くと、樹は僕の髪をくしゃりと撫でた。

「最初、態度悪くてごめんな。あんなに嫌われるとは思ってなくて。だけど考えてみたら当然で、おれも旅の間に気持ちの整理をつけて、秋人のことを諦めようとしたんだ」

そんな目論みがあったことに驚いて樹を見ると、困ったように眉を寄せた。

「けど、全然無理だった。かわいすぎて直視できなくて、サングラスかけて……」

「……あれ、そんな理由で……？」

「仕方がないだろ。生意気でつんつんしてるのにどっかぬけてるし、美味しそうに飯食うし、時々寂しそうにする所も、笑い方も全部何も変ってなくて、諦めるどころじゃなくて……困った」

心底困り果てたような笑顔に僕も手を伸ばし、樹の髪を撫でた。その感触が気に入ったのか、目を閉じて嬉しそうにする様子を愛しく感じた。

「子供の頃、結婚しようって言った友達がいることは思い出したんだ、でも名前とか、ほかのことはあまり……ごめん」

だけど、と意を決して告げる。

「僕は樹が好きだ」

はっきりと自分の気持ちを伝えたのに、樹はまだ微かに疑っているような眼差しで受け止めた。それもしかたがない。だから今度は僕がきちんと伝えなければならない。

「最初は樹のことが全然わからなくて、横暴で人の話も聞かないからすごくむかついたけど」

押し黙った樹が青い顔で狼狽えはじめたので、慌てて起き上がる。

「でも今は、全部にきちんと理由があったってわかってるから。それに僕が頑なだったから困らせてただけで、本当のきみはいつも優しくて、親切だったのもわかってる」

樹の腕を強く引くと、半信半疑の表情で身体を起こし、僕らは真正面から向き合う。

「それに、すごく助けてもらった。樹がいなかったら、僕は今頃モロッコで路頭に迷って、裏路地から出られずに行方不明になっていたかもしれないし、運よく抜け出せたとしても、フェリーに乗れたかどうかもわからない。辿り着いた先でパスポートも財布も全部すられて、アルハンブラ宮殿の片隅で見知らぬ男に襲われて、今も植え込みの陰で一人で膝をかかえていたかもしれないわけで」

「そんなわけ……」

と言いかけて、あり得ると思ったのか、蒼白な顔で呟く。

「怖いこと言うなよ」

「確かに怖い……でも、そうなってないのは全部、樹のおかげだ」

断言すると、樹はまだ戸惑いの表情を浮かべながら頭を掻く。

「きみが僕の家族になるって言ってくれた時、すごく嬉しかった。二度と会えないかもしれないと思ったら、怖くて動けなくなった。伝えておけば良かったって後悔した……だから、改めて言わせてほしいんだ」

樹の手を取る。きちんと伝えなければならない。これは本当は最初から、僕が伝えるべき言葉だった。

「樹、結婚しよう。僕と家族になってほしい」

はっきりと言葉にすると、樹は困惑に表情を歪めた。

「……本当にいいのか」

「当然。樹じゃなきゃ嫌だ」

「夫婦だぞ？」

「もちろん、そのつもりだけど」

「毎日いってきますのキスとかするけど、いいのか」

「毎日か。わかった、頑張るよ」

それくらいの要求、伴侶としていくらでも受け入れてみせる。

だけど樹はまだ信じられない様子で、恐る恐る手を伸ばした。

両手で僕の肩を掴んだものの、引き寄せていいかどうか迷っている。

したいようにしていいと伝えるには、どうしたらいいかと悩み、この旅で知った最も相応しい言葉を思い出した。

「樹は、僕のオレンジの片割れだろ？」

すると樹は震えるように安堵の息を吐き、泣きだしそうに眉を寄せて、僕を強く抱きしめた。

僕らはまるで、二つに切られたオレンジがぴたりとくっつくみたいに寄り添うことができた。

たったそれだけで安心し、なんの心配もなく、深く呼吸ができる感覚で満たされる。

本当に理に適った言葉だ。相手が樹じゃなかったら、きっとこうはいかない。

どうしようもなく幸せな気分になり、気づけば互いに笑っていた。喜びが全身を支配する。こんな幸せな瞬間が自分に訪れるだなんて、想像したこともなかった。

こうして僕は、樹と生涯を共にする伴侶になった。

その後については、樹の強引さと執拗さと愛情深さを、散々思い知らされた夜だったとだけ言わせてもらう。

泣きながら「もう無理だ」と訴えたところまでは覚えているが、最後のほうの記憶は曖昧だ。

翌朝、気怠さと壮絶な空腹で目が覚めて、腰の痛みと戦いながらシャワーを浴びた。ホテルの朝食を食べて生き返る心地だったのは言うまでもない。

朝日が差し込むラウンジは居心地が良く、新鮮なオレンジジュースが最高に美味しかった。

昨日と少し違うのは樹の発言の数々で、「本当に美味そうに食うな。そういうところが好きだ」と恥ずかしげもなく言ってみたり、かと思えば、「おまえ、透明感がありすぎていきなり消えたりしないだろうな」と不安げに頭の悪いことを言う。

「からかうの、やめてくれないかな……」

落ちつかない気持ちになるので抗議したが、どうやら本人は至って真剣らしく、過剰な甘さをぶつけられるたびに、平静を装うのに苦労した。

とはいえ旅の最終日を楽しく過ごせるのは嬉しかったし、今日の夜、飛行機に乗りこむまでの時間を使って、僕にはどうしても見たいものがあった。

バルセロナには、ガウディが作った建築物がいくつもある。

「見れるだけ、見ておきたいんだけど」

「そのつもりで今日のルートは考えてあるから、安心していい」

希望を伝えるより先に、樹は僕の望みを知りつくしているようなルートを提案してくれた。

「時間と満足度を考えると、このあたりに絞った方がじっくり見れると思う」

「……完ぺきなルートだ、きみは天才か？」

「まあ、秋人のことに関しては誰にも負けない自信があるからな」

ドヤ顔をされても、なんと返せばいいのかわからない。

慣れない気恥ずかしさと喜びに包まれながら、僕たちはこの旅の最終日を、思い切り楽しむことにしたのだった。

ホテルの窓から見えたサグラダ・ファミリアを時間をかけて見学し、続けて意気揚々と向かったのは、街の中心部にあるカサ・ミラというアパートだった。

今も当時のままの姿で残っているそれは、湾曲したバルコニーが特徴的な、柔らかい外観の建物で、世界遺産でありながら、現在も住居部分には人が住んでいるらしい。

人気の観光名所だけあって見学客が多く、中に入るには時間が掛かると覚悟したが、なんと樹はこの日のために入場券を予約していて、あっけなく中に入ることができた。

入り口をくぐり抜けると、曲線を描く広々とした吹き抜けがあり、真上には青空が見えた。

ヤシ科の植物が植えられた、荘厳な神殿を思わせる空間に見入りながら、モロッコでこれによく似たものを見たことを思い出す。

「ここ、リアドの中庭に少し似てるね」

僕の感想に、彼は嬉しそうに目を細める。

「おれも同じこと考えた」

目の当たりにした美しい光景は、僕らの旅の始まりを連想させた。

次に、近場にあるもう一軒の、カサ・バトリョという住居にも足を運んだ後、最後に訪れた場所が、一番訪れたかったグエル公園だった。

ここは、ガウディが力を注いで作り上げた場所で、今では公園になっているものの、本当は新興住宅地を作る予定だったらしい。しかしデザインが奇抜すぎて、顧客がつかなかったというのを何かの本で読んだ記憶がある。

「街を作るってやっぱりすごいね。憧れるな……」

「じゃあ、転職するのも手かもな」

漠然と悩んでいたことをあっけなく促され、信じられない気持ちで樹を見た。

「なんならうちの会社どう？　設計企画部もあるし」

「簡単に言うなよ……」

「簡単ていうか、本当にやりたいことがあるならやればいいってだけの話。当然、無責任に言ってるわけじゃない、秋人ならできるだろうし」

どうして樹がそんなに自信に満ちているんだと困惑したが、彼の言葉は僕の躊躇いを簡単に打ち壊してしまった。

新しい道があって、それを選べるのかもしれない。唐突に示された明るい兆しに立ちつくしていると、集団で押し寄せた観光客の波にのまれかけて、樹に腕を引かれた。

「だから、ぼーっとするなっていつも言ってるだろ」

旅の間、何度も受けた忠告の後に、今は当然のように手を繋がれる。これから先、ずっとこんな風に甘やかされるのかと思うと、心臓がいくらあっても足りない気がした。

結局それ以降、不安だと言って、樹は手を離してくれなかった。

「秋人は昔から目を離すとすぐいなくなるよな」

「そうかな……」

「しかも足速いし。いつだったか、突然いなくなって必死に探したら、1㎞くらい離れた図書館で夢中で本読んでたことがあって……」

思い返しながら、樹は小さく笑う。

どこかで聞いた覚えのある言葉に足を止めると、樹は不思議そうに瞬きをした。

ガウディの図鑑を見た時、一緒にいた友達。初めて目にする衝撃的な建築物の写真。確か公園をお城みたいだと彼は言った。

本当は外で遊ぶのが好きなのに、その日は僕につきあって一緒に図書館で本を眺めてくれたのではなかっただろうか。

「その時、大人になったら、一緒にここに来ようって話したよね?」

僕の言葉に樹も眉を寄せ、足を止めた。

「海外で、言葉がわからないからどうしようって言ったら、勉強するから大丈夫って……」

「……言ったけど」

「樹のこと……僕、ふざけてツッキーって呼んでた?」

半信半疑で問うと、樹は困惑しながら呟く。

「その呼び方はやめろって、何度も言った……」

その途端、ぼやけていたピントが合った気がした。

「もしかして、工事現場に忍び込んで怒られてた? あと、トンボを追いかけて池に落ちたり、猫を無理やり抱き上げようとして傷だらけになったり……毎日おばさんに怒られたり、それから……」

「おい、突然何て無様なシーンばかりを……!」

「名前がきっかけでいろいろ思い出したというか」

連鎖的に浮んでくる懐かしい記憶。それがきちんと自分の中に存在していたことに安堵する。忘れていたんじゃない、うまく呼び起こせなかっただけだ。

「確か、ツッキーは……」

「だからその呼び方、恥ずかしいからやめろって」

急に声をくぐもらせたかと思うと、繋いでいた手を離し、背を向け俯く。

怒ってしまったのだろうか。今更すぎて無理もない。

「樹……ごめん、忘れてて、本当にごめん」

声をかけながらのぞき込むと、怒っているわけではなさそうだった。ただ、その顔が赤い。

「ここで思い出すとか、反則だろ」

それを見た途端、僕の平常心も爆発してしまい、急激に頬が赤くなるのを自覚した。

僕たちは、かの有名なグエル公園の、すべてを見渡すテラスの一角で、景色を眺める振りをしながら、必死に顔の熱を冷ますことに専念した。

「おまえ、最初から最後まで本当に反則だらけだ」

「最初に事情を説明してくれてたら、きっと飛行機に乗る前に全部思い出してたと思うよ」

樹のぼやきに負けじと言い返し、笑いながら軽口を叩き合う。

離れていた時間は途方もなく長い。その間、一途に想い続けていてくれたことに感謝した。

そして今度は僕が長い時間をかけて、樹がくれた優しさの分だけ愛情を返していこう。

望んでくれる限り、できれば生涯をかけて隣で寄り添う存在でありたい。

どこか友達の延長のような心地いい空気で、同時に胸の奥から湧き上がる愛しい気持ちに素直に従いながら。

これからの日々に、そんな未来があることが嬉しかった。

「帰ったらまず、何をしようか」

その質問にすぐさま甘い言葉を耳打ちされ、またもや上がりそうになる顔の熱を必死に堪える。さらに追い討ちをかけるように、樹は僕の手を握った。

体温と握る強さが教えてくれる愛情に言葉を返す代わりに、僕はその手をしっかりと握り返した。


こうして幕を閉じた新婚旅行の帰路の飛行機の中でも、樹は僕と手を繋いだままで眠り続けている。

疲れただろうなと眺めた寝顔は普段より少しだけあどけなくて、やけに幸せな気持ちが込み上げて声を抑えて笑ってしまった。

その振動が伝わってしまったのか、樹が目を開けた。

「今、どのへん？」

「あと二時間くらいで到着だって。眠っててもいいんだよ」

「……いや、起きる。秋人は少しは寝たのか？」

樹は欠伸をしながら倒していたシートを調整し、伸びをする。

「まあ、のんびりしてたよ」

「時差ボケになるぞ」

「帰ったらゆっくり寝るつもりだから」

「……寝かせないって言ったら？」

それが何を意味するかを理解し、狼狽える。

「あのさ……これからきみと生活するにあたって、いろいろと意見のすり合わせが必要だと思うんだ。たとえば人間の基本的な権利と健康についてとか、身体が怠くならない配慮とか……」

訴えると、樹は「……じゃあ慣らす」と、一応譲歩の姿勢を見せてくれたものの、望む方向性と絶望的に違った。

「引っ越しの荷物の整理や、盗難の後処理もしなくちゃならないし」

「手伝う。あと、足りないものは買い足さないとな」

頷きながら、今日これから帰る場所について考えた。

「そういえばあの家って、樹の持ち家？」

「ああ。元々はうちの別宅だったんだ。数年前まで空家だったのを引き継いで、一人で住んでた」

「へえ……」

「リフォームはしてるけど、おまえの実家にくらべたらボロいし小さいし、びっくりするかもな」

「鷹東の家は少し特殊だから。それに、一日しか過ごしてないけど、居心地は悪くなかった気がする……」

「そうか」

樹はホッとしたように息を吐く。

旅行という非日常から戻れば、新しい生活が待ち受けている。今後のことを考えると、やらなければならないことは膨大だ。

「まず、お父さんやお母さんに挨拶をしなければ……それから。お兄さんと妹さんがいるんだっけ？」

「いるけど、うちは後回しでいい。それよりおまえの伯父さんにきちんと挨拶しないと、相当ヤバイ気がする」

「そっちの方が後回しでいいよ。伯父は僕のことはたいして気にも留めてないだろうから」

しかも僕らが結婚したことで、土地に関する取引は成立しているのだから、伯父に文句などあるはずがない。けれど樹は緊張した面持ちで僕を窘める。

「おまえの伯父さん、秋人のこと、多分すごく大事に思ってるぞ」

「一応身内だからね。でも、それだけだ」

嫌われているとまでは思ってない。だからといって大切に扱われているかどうかは別だ。そもそも伯父は僕の両親に対しての複雑な感情を、生涯拭い去ることはできないだろう。

一筋縄じゃいかない。そんなに簡単じゃない。歩み寄りたい気持ちはあるけれど、残念ながら方法がわからない。

「とにかく土産も買ったし、明日すぐにでも挨拶に行こう。絶対早い方が良い。間違いない」

樹があまりにも強く勧めるので、スペインを発つ直前に空港で購入した土産は、リュックの中に忍ばせてある。

内容は、ガウディ作のモザイクトカゲをモチーフにした置物だった。それから伯父が意外と甘党だと伝えると、樹はスペインでは名の知れた高級なチョコレートを選んだ。しかしこれらの品を渡したところで、あの伯父が喜ぶかどうかはわからない。

「『糖分で殺す気か、使い道のないトカゲなんてどうしろと言うんだ』とか、言われるのがオチのような気がするんだけど……」

「どこの頑固オヤジだ。そんなわけないだろ、それにこれからは、つき合い方も変わってくるだろうし、新しく見えてくるものもあるかもしれない」

その意見にあまり同意できないものの、買った物を無駄にするのも勿体ないので、おとなしく従うことにする。

それから残りの時間で、今後の生活について話し合った。

一緒に暮らすうちに、愛想をつかされたらどうしようという不安が脳裏を過ったが、飛行機を降りた時、樹は当たり前みたいに僕に手を差し出した。

不思議なことにたったそれだけで大丈夫だと思えて、迷わず手を取り、並んで歩き出した。

「また、一緒にどこかに行けるかな」

「当り前だろ。たとえば、毎年この時期に旅行するのはどうだ」

「いいね、次はどこに行こうか」

新しい旅について想像しながら到着ロビーに向かう。旅の終わりの象徴みたいなゲートを、少しだけ寂しい気持ちでくぐり抜けた、その時だった。

「秋人ォォォ！」と、フロアに裂帛《れっぱく》の声が響き渡る。

目を向けると、なぜか出迎え客に紛れて待ちかまえていた伯父が、血相を変え体当たりする勢いで僕らに割って入ってきた。

「離れなさい！」

叫びながら、樹と繋いでいた手を強引に引き剥がす。

何が起きたのかわからず固まっていると、辺りにいた出迎え客たちが見守る中、伯父はいつもよりもさらに威圧的に僕を見下ろした。

「秋人。なぜこの若造と手を繋いでいたのか今すぐ説明しなさい！」

「だって、その、新婚なので……」

「おまえは新婚だったらだれかれ構わず手を繋ぐのか！　私はそんな破廉恥《はれんち》な子に育てた覚えはない！」

強く叱咤されて一瞬悩んだが、別に何もおかしくないのではと思い直した。

「伯父さん、落ちついてくださ……」

「落ち着けるものか！　いいか秋人、お前達が旅行に行っている間に証拠は揃えた、これは全部その若造に仕組まれていた陰謀だ。この結婚は無効にできる！」

その言葉に、僕は即座に反論した。

「嫌です！」

「………なんだと？」

思わぬ言葉に面食らったように、伯父の動きが止まる。

その時、背後から現れた人物が、伯父の肩を叩いた。

「直虎、落ちつけ。まずは二人の話を聞くって約束しただろ？」

樹の父親である深山社長が伯父を宥め、僕に向けて困ったように笑う。

「ごめんねー。ほんとこいつ、昔から頭に血が上りやすくてさ……！」

僕は戸惑いを胸に樹と顔を見合わせた。

ここできちんと説明しなければ、伯父にはいつまでも理解してもらえないだろう。

「伯父さん。僕、全部わかってます」

仕組まれていたのは本当だし、樹が暴走したせいでこうなった。僕が好きになった人は、思い込みが激しくて暴走傾向が強いが、愛情深さと一途さは誰にも負けない男前な性格で……。

だめだ、これではフォローしたいのに余計にこじれてしまう。

「樹がやったことに関しては、僕があとできちんとした謝罪と誠意を要求するつもりでいます」

「初耳なんだけど」と、戸惑いの声が聞こえたが無視する。

「だけど僕は樹が好きだし、伴侶になるならこの人以外考えられない。それに、彼とならきっとうまくやれると信じています」

「…………そう、なのか？」

伯父は呆けたように立ち尽くす。

これで認めて貰えなかったらどうすればいいんだろう。駆け落ちでもしようかと腹を括りかけて、かつての両親もこんな気持ちだったのだと知る。

伯父の反応を窺っていると、背後から控えめに肩をつつかれた。

振り向くと樹が目で「今だ、あれを渡せ」と訴えている。

なるほど、と頷き、バックパックから伯父のために用意した土産を取りだす。

「あの、すごくつまらないものですが……」

「……土産、か?」

「はい。僕の好きなもので恐縮ですが、是非」

「……そうか」

伯父は意外にも素直に受け取ってくれた。こんなにしょぼくれた姿は初めて見たが、同時にどこかホッとしているようにも見える。

本当に、僕を心配してくれていたのかもしれない。

「……疲れが取れたら、改めてうちに来なさい」

口調はいつも通りなのに、なぜか優しく聞こえた。そういえば、今まで修学旅行の時くらいしか、伯父にお土産を渡したことがない。

樹が言った通り、つき合い方を変えれば見えるものもあるのだろうか。

微かな可能性を感じながら、大切なことを言い忘れていたと気付いた。

「中に入っているチョコレートは、樹からです」

そう告げた瞬間、伯父の眉間に深い皺が刻まれる。

「なるほど。樹くん、きみは私を糖分過多で早死にさせたいらしいな？」

「えっ……いえ。そうじゃなくて、ですね」

突然の夫 舅《おっとしゅうと》戦争に空港の一部が凍りつくが、「落ちつけ」と背後から深山社長が割って入り、伯父を止めてくれた。

「とりあえず、二人とも今日は疲れただろ？ 帰ってゆっくり休め。こいつは俺が酒でも飲ませて愚痴聞いてなんとかするから。今のうちに行け！」

確かにこの隙に立ち去らないと長丁場になりそうだ。僕は迷わず樹の手を引いて足早に歩き出した。

「行こう、ああ言ってくれているし」

「ああ……ていうかどう考えても伯父さん、秋人のこと溺愛してるだろ」

「僕がはっきりきみを好きだって言ったから、驚いたんだと思う」

少し前まで自分でも、誰かを好きになれるなんて思わなかった。どこか諦めきっていた僕のことを、伯父なりに見抜き、心配していたのかもしれない。

「大丈夫、あんなだけど悪いひとじゃないんだ。慣れるまで時間は少し、かかるかもしれないけど」

「まぁ、何が何でも認めて貰うつもりだけど。秋人の家族だって」

樹はこんな風に無自覚に、何度も僕の心を射ぬくのだから困ったものだ。

ほどなくして樹の家に到着し、まだ一度しか足を踏み入れたことのない建物を前にした時、ここが今日から僕の帰る場所になるのだと、不思議な感覚がした。

実感が持てずに立ち尽くしていると、樹はそんな僕を見て、普段通りにカギを開けてドアを開き、玄関の明かりをつけた。

そして僕に向けて大きく腕を広げて迎えてくれた。

「おかえり、秋人」

それが、どれほど嬉しかったか。

溢れ返りそうな感情を抑え、ゆっくりと樹に歩み寄り、その胸に額を押し付ける。

「……ただいま」

弱々しい声で告げると、彼は笑って僕の髪をくしゃりと撫でた。

「おれにも言ってくれ」

「……おかえり」

するとと樹は至極幸せそうに笑いながら、僕を強く抱きしめた。

「ただいま」

耳元に響く愛情深い声。樹のおかげで、僕は帰るべき場所に辿り着くことができた。

これが、険悪だった僕たちの、ハネムーンのすべて。


それからの日々は快適で、楽しいという一言に尽きた。

僕も樹も結婚するまでは一人暮らしで、ある程度の家事や料理の技術は持ち合わせていたので、必要な作業を分配すると今までより楽に感じるほどだった。

生活習慣の違いや、意外な食の組み合わせについては、異文化交流として受け入れると新鮮で、いいと思ったらどんどん取り入れて行くスタイルは、互いの生活に新しい風を吹き込んだ。

それから、深山家に改めて挨拶に行った際、僕はかなり緊張していたのだが、義父さんは見合いの時同様、完全に僕を受け入れる態勢が整っていたし、それは義母さんや、義兄さん、義妹さんに関しても同様で、正直、拍子抜けするほどだった。

というのも、樹は子供の頃から僕と結婚すると家族に繰り返し宣言し続けていたらしく、むしろようやく来てくれたかという感覚だったらしい。

とても温かくて気の良い人たちで、当然、僕は彼らが大好きになった。

反対に、伯父のもとに樹と挨拶に行った時は、伯父は樹に対して腹に一物抱えている上に、僕に相応しい相手かどうかを厳しく見極めようとして、ふたりの間にはこれ以上ない程の緊張感が漂っていた。

「樹くん、だったかな？　先日の土産のチョコレートだが、血糖値が上がって大変だったよ」

「配慮が足りず大変失礼しました。代わりといっては何ですが、本日は豆菓子を持参いたしました」

「なるほど、次は塩分過多で私を殺すつもりかね？」

気を抜くとすぐにこんな会話が始まってしまうので、いくら間に入っても追いつかない。どうしようかと手をこまねいていたが、その日同席した伯母が「あなた、あんまり樹さんをいじめると、秋人くんに嫌われちゃいますよ」と忠告してくれたおかげで、平和な空気になった。

とはいえ、僕が見る限り伯父は樹を心底嫌っているわけではないはずだ。頑固な人だから、受け入れるのに時間がかかるのだろう。

それでも嫌な思いをさせてしまったことが申し訳なくて、鷹束家からの帰り道を言葉少なに歩いていると、樹は全く気にしていない様子で笑った。

「伯父さん、やっぱり秋人のことすごく大事なんだな」

僕に対し複雑な心境を抱えながらきちんと育ててくれた人だ。相容れない部分はあるけど、そうなのかもしれないと考えられるようになったのも、樹のおかげだった。

「ごめん。ありがとう」

素直に感謝を述べると、彼は当たり前のように笑う。

「何が？　元々長期戦覚悟だし、それにおれ、おまえの隣を誰にも譲るつもりはないから」

そしてまたさりげなく心臓を鷲掴みにする。

僕は日常の中で、どんどん樹を好きになっていった。

そんな彼のおかげで大きく変わったことが、もうひとつある。

スペインの旅の最後に、迷いを打ち砕かれた僕は、都市開発という憧れを現実の仕事にするために、樹のお兄さんであり、陰で「深山建設の宰相」と呼ばれている人物のもとで、現在修業に励んでいる。

仕事に関しては中々厳しい人だけど、どうやら見込みがあると思ってくれているのか、任される仕事が少しずつ増えてきたところだ。やりたいことを勉強しながら過ごす日々はとても充実している。

「愛想をつかされたらどうしよう」という不安は全くの杞憂《きゆう》に終わった。互いの素を知ればもっと愛着が湧いて距離が近づいたし、樹は常に愛情を隠さず僕に注いでくれる。

だから僕もできるだけわかりやすく返すように心がけている。

時々派手な喧嘩をすることもあるけれど、概《おおむ》ね楽しい毎日を過ごしていた。

そして気づけばあっという間に四季が巡り、一年が経過した。

結婚記念日は、絶対にどこかへ旅に出ようと決めた僕らは、フロリダへ向かう計画を立てていた。

温暖な気候の夢のようなリゾート地と美味しい料理。自然豊かな州立公園でキャンプができると聞いて、アウトドアや星を見るのを楽しみにしていた。

出発の前日は期待と興奮で全く眠れず、明け方に寝落ちするまでふたりでずっと布団の中で話をしていた。

そのせいで、当日はひどく慌ただしい出発になってしまい、飛行機に乗り込んだ後は互いに熟睡《じゅくすい》していたらしい。

次に目を開けた時、予定通りの冒険が幕を開けると信じていた。

だけど僕たちは、旅行に関して少々変わった運命を持ち合わせているらしい。

正直、飛行機が到着する少し前から違和感を感じていたが、空港に降り立ち、それが確信に変わると、しばし呆然と立ち尽くすことになった。

フロリダのオーランド空港に行くための飛行機に乗ったつもりだった。

けれど実際に辿り着いたのは、なんと別の国だった。

「ニュージーランドか……なるほど」

「ニュージーランド？　今、ニュージーランドって言ったのか？」

思わず二度見してから尋ねると、樹は青い顔で呟く。

「もしかしたら、フロリダのオーランド空港のチケットを買ったつもりで、ニュージーランドのオークランド行きを買ったかも、しれない……」

「名前がすごく似ているね……」

全然違う国だが、紛らわしい名前の空港名は、聞いた端からどちらがどうだかわからなくなる。

だけど、この感覚が無性に懐かしくもあった。

「なんだか、一年前みたいだ」

辿り着いてみたらぜんぜん違う国だった。こんなことが二度も起きるなら、僕らの旅にアクシデントはつきものなのだろう。

樹はまだ落ち込んでいるが、予期せず辿り着いてしまったニュージーランドについて、知っている限りの情報をたぐり寄せる。

「確かニュージーランドって自然が豊かな国のはずだよ、氷河や国立公園や、星もすごくきれいだって聞いたことがある。有名な映画のロケ地にもなってたんじゃなかったっけ」

いつだったかテレビや雑誌で見た光景は、心惹かれる美しいものではなかっただろうか。

「それに肉やワインも美味しいはずだし、……そう考えると悪くない気がするけど」

僕の言葉に微かに浮上した樹は、「そうか?」と首を傾げる。

「のんびり過ごせていいんじゃないかな。最近忙しくてお互い少し疲れてただろ? それに……僕は樹と一緒なら、どこだってかまわないけど」

その一言を切っ掛けに、彼の目に小さな輝きが宿るのを見た。

「確かに、間違えたとはいえ楽しまない理由はないよな。こうなったら、ニュージーランドの観光地を根こそぎ回ってやる」

樹の言葉に、これからの数日が間違いなく楽しくなる予感を抱きながら大きく頷いた。

未知の世界に飛び込む高揚感が体中を駆け抜ける。ふたりでそんな時間を過ごせることが嬉しくて堪らない。

こうして僕らは再び、新しい冒険に繰り出したのだった。

END

■あとがき■

こんにちは。Aion《アイオン》と申します。

このたびは「険悪だった僕たちの、ハネムーンのすべて。」をお手にとってくださってありがとうございます。ショコラ文庫さんから本を出させていただけることになり、本当にうれしく思っています。

当初、ページ数を大幅に超える量を書いてしまい、担当O様には多大なご迷惑をおかけしました……！　様々な失敗をやらかし呆然と立ちつくす私に、最後まで根気よくつき合ってくださったおかげで、この本が出たと言っても過言ではありません。

また、制作に携わってくださった皆さまにも心より感謝をお伝えしたいのと同時に、素晴らしいイラストで秋人と樹を描いてくださった北沢きょう先生にも、心からお礼を申し上げます。

書いてみませんか、とお誘いを頂いて、少ない知恵を絞りまくった結果、自分の欲に忠実に、なおかつ読んでくれた方が少しでも楽しいと思ってくれるような、愛と笑いのラブコメを書こうと筆をとりました。若干力ずくで無茶なシーンもありますが、二人の旅のドタバタを少しでも楽しんでもらえたら嬉しいです。

ちなみに、樹のことは「最高にカッコいい攻め」のつもりで書いたのですが、担当さんからは「狂ったスパダリ」という通り名をいただきました。秋人に対する愛が強過ぎてふりきれている愛情豊かな男です。

秋人は秋人で、そんな樹に戸惑いつつ、日常の中でどんどんぞっこんラブ度が増していくのではないかと思います。

怒濤の勢いで結婚しちゃったけれど末永く幸せに、楽しく暮らす二人であって欲しいです。


最後まで読んでくださってありがとうございました。

またどこかでお会いできれば幸いです。

Ａｉｏｎ

初出
「険悪だった僕たちの、ハネムーンのすべて。」書き下ろし

CHOCOLAT BUNKO

この本を読んでのご意見、ご感想をお寄せ下さい。
作者への手紙もお待ちしております。

あて先
〒171-0014 東京都豊島区池袋2−41−6 第一シャンボールビル 7階
(株)心交社　ショコラ編集部

険悪だった僕たちの、ハネムーンのすべて。

2019年10月20日　第1刷

著　者:Aion
発行者:林 高弘
発行所:株式会社　心交社
〒171-0014 東京都豊島区池袋2−41−6
第一シャンボールビル 7階
(編集)03-3980-6337 (営業)03-3959-6169
http://www.chocolat_novels.com/
印刷所:図書印刷 株式会社

オメガは運命に誓わない

安西リカ
イラスト・ミドリノエバ

発情を抑えきれないほどの恋心

大手電子機器メーカーで働く朱羽千里は取引先のβに実らない片想いをしていた。諦め切れないでいたある日、造形作家でαの黒江瞭と出会い、誘いをかけられる。甘い顔立ちをした美形だがΩを下に見るような態度が許せず、すげなく拒んでしまう。もう二度と会わないだろうと思っていた矢先、朱羽はαとΩ専用のクラブで発情期に入ってしまった。抗えない欲望に耐え切れなくなり、偶然居合わせた黒江と身体を重ねてしまって——！？

王子様と鈍感な花の初恋

この二人、焦れったすぎる。

王の隠し子ジョシュアを託され、王妃の刺客から逃れながら必死で育ててきたジーン。だが体は弱るわお金はないわで「もう体を売るしか…？」と絶望していたとき、ジョシュアの兄である王子ナサニエルの使者が現れ、二人は秘密裏に保護された。凛々しく堅物だが優しいナサニエルは衰弱したジーンを気遣い、やや的外れな贈り物を毎日のようにくれる。そのためジーンは王子の愛人と誤解されることになり……。

名倉和希

イラスト・ひゅら